별을 쫓는
소년들

WITH TOMORROW X TOGETHER

별을 쫓는
소년들

WITH TOMORROW X TOGETHER

별을 쫓는
소녀들

WITH TOMORROW X TOGETHER

별을 쫓는
소년들

WITH +OMORROW X +OGETHER

별을 쫓는
소녀들

WITH TOMORROW X TOGETHER

WITH TOMORROW X TOGETHER

기획/제작
HYBE

공동기획

WITH +OMORROW × +OGETHER

3

WEBNOVEL

학산문화사

차례

+ 제24화 +
그의 소원 ·· 18

+ 제25화 +
상자 ··· 34

+ 제26화 +
상자를 여는 사람 ····························· 50

+ 제27화 +
선물 ··· 66

+ 제28화 +
좋은 꿈 ··· 82

+ 제29화 +
그리움 ··· 100

+ 제30화 +
또 다른 세계 ··································· 118

+ 제31화 +
사라지는 책 ······································ 138

+ 제32화 +
현자 ·· 154

+ 제33화 +
질문 ·· 170

+ 제34화 +
심안 ·· 188

+ 제35화 +
우리 세계의 책 ······························ 204

제 24 화
그의 소원

스타원은 잠시 서로를 보다가 격렬하게 고개를 저었다.

"아, 아니! 저희가 진짜 별이라는 건 아니고요."

격한 반응에 남자는 은은하게 웃으며 대꾸했다.

"……나한테는 별 맞아. 반짝이잖아."

남자의 따스한 미소에, 황당함을 이겨낸 솔이 애써 담담히 말했다.

"지극히 평범한 사람들인걸요."

"평범하다니. 마법도 쓰고, 곁에 특별한 아이들도 있는데."

남자가 볼퍼팅어를 가리키며 말하자, 제 얘기를 하는 걸 아는지 부끄럽다는 듯 한 번 울었다.

뀨우-!

언제 들어도 참 귀여운 소리였다. 솔이 못 참겠다는 듯 꼭 안아 주자, 볼퍼팅어는 그런 솔이 마냥 좋은지 어깨에 볼을 비볐다.

"에이, 뭘요. 마법은 아직 걸음마 수준이고, 음……, 얘네는 왜인지 처음 만났을 때부터 저희를 잘 따르긴 했지만요."

솔이 갸웃거리며 말하자 남자는 작게 웃으며 말했다.

"패밀리어들은 순수한 사람을 좋아하곤 하지."

반짝이는 별에 이어 순수까지.

간질거리는 말을 태연하게 뱉는 남자에게 솔이 대꾸할 말을 찾지 못하고 있을 때 까칠한 목소리가 들렸다.

"우리, 별로 순수하지 않아요. 이런저런 고생을 많이 해서요."

날카로운 눈매의 유진이 무덤덤하게 말했다. 비켄이 옆에서 한마디 끼어들었다.

"맞아요. 악으로 깡으로 버텼어요."

남자는 이해한다는 듯 피식 웃고 고개를 끄덕였다. 그때 비켄이 말했다.

"어쨌든 전 그렇게 귀한 선물은 받을 수 없어요."

"마법, 아직 능숙하지 않다며. 그럼 이게 더 필요할 텐데? 음, 그럼 이렇게 하자. 내가 선물을 주는 대신 너희도 내 부탁을 들어준다는 서약을 맺는 거야."

남자는 비켄의 머리를 한번 쓰다듬어 주며 눈을 맞추었다. 솔은 비켄과 남자를 번갈아 보며 두 사람이 유독 닮아 보인다는 생각을 했다. 마치 쌍둥이 형제가 서 있는 듯했다. 다른 멤버들이 이 위화감을 눈치채지 못한다는 게 이상하게 느껴질 정도로.

"내가 주는 선물이니까 염려 말고 받아도 돼. 어차피 나에겐 이제 필요 없어졌거든."

남자는 한쪽 손은 비켄의 머리에서 떼지 않은 채, 나머지 한쪽 손으로 들고 있던 지팡이를 재차 주었다. 비켄은 엉겁결에 두 손으로 넘겨받았다.

"단, 선물을 주는 대신 대가를 치를 거냐는 질문을 하는 상대가 있다면 꼭 물어야 해. '무엇을 원하느냐'고 말이야. 서약이란, 공평하지 않은 경우가 많거든."

"……!"

남자의 말에 흠칫한 건 유진이었다.

까득—

지난 전투가 떠오르자 반사적으로 몸에 힘이 들어갔고, 꽉 쥔 주먹에서 뼈가 비틀리는 소리가 새어 나왔다.

'······젠장.'

머릿속에서 오드아이 고양이의 소름 끼치는 목소리가 웅웅거리는 듯했다.

《대신 대가가 따를 거야. 계약하겠어?》

그때 뭐라고 했더라? 무엇이든 한다고 했던가.

희미한 불안감이 연기처럼 다가왔다. 뭔가 어긋나버린 것 같았던 느낌이 다시금 생생하게 떠올랐다. 남자는 눈빛이 떨리는 유진을 가만히 바라보다가 비켄의 머리에서 손을 떼었다.

"그러고 보니 이렇게 온기를 느끼는 것도 오랜만이네. 너희를 만나게 되어서 좋다."

멍하니 있던 유진은 남자의 말에 정신을 차린 듯 고개를 들어 바로 물었다.

"그럼, 당신은 우리에게 뭘 원하시나요?"

지금 이렇게 묻는 게 왜인지 이미 늦은 것 같아 초조했지만, 상대가 대가를 원하면 꼭 물으라던 조언에 충실한 유진의 물음에 남자는 가늘게 숨을 내쉬었다.

연두색 잔디에 햇살이 아른거렸다.

"내 이야기를 들어줘."

소원은 너무도 간단했다.

"오래 걸리진 않을 거야. 내가 됐다고 할 때까지 내 이야기를 들어줘."

"하지만, 그건 너무 쉬운데……."

솔이 머뭇거리며 답하자, 남자는 고개를 저었다.

"너희에겐 별것 아닐지라도 난 아득하게 긴 세월 동안 홀로 있었어. 이야기가 끝나면 너희가 원래 있던 곳으로 돌아가게 해줄게."

남자의 말에 멤버들은 서로를 마주 보며 고개를 끄덕였다. 모두 동의한다는 뜻으로 남자를 바라보았다.

남자는 싱긋 웃으며 손을 앞으로 내밀었다. 그러자 잔잔한 바람이 그의 손바닥을 감쌌다. 그 바람은 초록빛을 내며 휘돌다가 멤버들의 손목에 살짝 감겼다. 바람은 매우 부드러웠다.

"서약 완료. 며칠간 잘 부탁해."

비켄은 왠지 들뜬 기색으로 남자를 향해 물었다.

"좋아요! 그런데 형은 긴 시간 동안 여기서 혼자 뭐 했어요? 대화할 사람도 없고. 아까 보니까 눈이랑 나무밖에 없던데요."

"……기다리고 있었어. 망각이 다가올 때까지. 별빛이라곤 없는 하늘을 바라보며, 언제 올까. 오늘일까, 내일일까."

남자의 목소리가 나직하게 울렸다.

"음, 이야기가 긴데. 지금부터 시작해볼까."

남자는 먼 곳을 응시했다. 물기 어린 눈동자엔 감정이 가득 담겨 있었다. 더는 볼 수 없는 사람들을 떠올리며 한없이 그리워할 때 같은, 잠긴 눈이었다.

남자는 비켄에게서 지팡이를 잠시 가져와 살짝 휘둘렀다. 지팡이의 끝에 빛이 맺혔다. 빛은 점점 커지더니 둥글게 모였다. 그 안에 무언가 형상을 이루며 한 장면이 보이기 시작했다.

황토색 흙 벌판 한가운데 검은 구멍이 뚫려 있었다. 구멍은 끝없는 심연처럼 그저 까맣기만 했다. 검은 구멍은 속속들이 생겨나더니 주변에 있는 생물들에게 옮겨 가 하나둘씩 삼키기 시작했다.

"검은 허무. 우리는 그렇게 불렀어."

화면이 사라졌다. 남자는 힘들었는지 숨을 몰아쉬었다.

"어느 날 갑자기 세상에 이런 게 생겼어. 정확한 시기는 몰라. 세상의 제일 끝에서부터 시작되었다는 것만 추측할 뿐."

"전염병 같은 건가요?"

타호가 묻자 남자는 고개를 저었다.

"그런 건 아냐. 전염병이라, 그건 오히려…… 마법일 수도."

"마법……."

솔이 멍하게 답하자 남자는 먼 곳을 응시하며 말했다.

"마법이 발현하고 긴 세월이 지난 뒤, 마법은 우리에게 모든 것을 가져다줬어. 빛을 만들 수도, 어둠을 만들 수도 있었지. 극도로 발전된 마법 때문인지 사람은 대부분 늙지 않기 시작했어. 그때 검은 허무가 등장한 거야."

"……."

동화 같기도, 현실 같기도 한 이상한 기분에 멤버들은 저마다 남자의 이야기에 몰입하기 시작했다.

"매우 긴 시간을 마치 신인 것처럼 군림하고 영위할 수 있었어. 하지만 그래서일까, 언제부턴가 사람들은 천천히 감정을 잃어 갔어."

남자는 말하며 주먹을 꽉 쥐었다. 담담한 말투로 말하지만, 내면의 상처가 깊은 것이 느껴졌다. 그를 지켜보던 비켄이 손을 마주 잡아 주었다.

"힘들면 천천히 이야기하셔도 돼요."

남자는 살포시 웃으며 말했다.

"고마워. 상냥한 아이구나. 음, 너희는 노래를 부른다고 했지?"

"네. 춤도 추고요."

아비스는 분위기도 전환할 겸, 누가 시키지도 않았는데 스타원의 신곡 안무를 잠시 보여주었다. 아비스의 춤을 본 남자는 손뼉을 쳤다.

"빛나네. 내가 살던 시절엔 이미 춤은 진즉 잃은 후였어. 음악은 그나마 나의 친구 중 한 명이 악기를 연주할 줄 알아서 이따금 듣곤 했지. 그래서일까, 우리는 감정을 완전히 잃지 않을 수 있었던 거 같기도 해."

남자는 눈을 천천히 감았다가 떴다. 그러고는 빈손을 한 번 폈다가 쥐어 보였다.

"……멸망."

옅은 바람이 살랑거렸다. 남자의 머리카락이 흐트러졌다가 돌아왔다. 남자는 수풀 속에 서 있었지만, 솔은 문득 이 남자가 여전히 설원 속에 있는 것 같다는 생각을 했다.

"우린 멸망을 피하고 싶었어."

따스한 톤의, 그러나 뼈가 시리도록 냉혹한 어조의 문장이 그들의 가슴을 저며들었다.

"들어줄래? '우리'에 관한 이야기."

본격적으로 이야기를 시작하겠다는 듯 남자는 평평한 바위에 걸터앉았다. 스타원은 그의 주위를 빙 둘러 원형으로 자리를 잡고 앉았다. 살랑거리는 바람이 느껴졌다.

솔은 아늑함을 느끼며 잔디를 쓸었다. 옅은 새싹이 매우 부드러웠다. 마치 눈앞에 있는 남자처럼 말이다.

옅게 웃는 갈색 머리칼의 남자에게서는 금방이라도 깨질 듯한 위태로움이 느껴졌다. 분명 무척 강할 텐데, 알 수 없는 연약함이 애처로워 보이게 했다. 솔은 머리를 흔들어 생각을 털어내었다.

그때, 남자가 다시 이야기를 시작했다.

"검은 허무는 계속해서 번지며 세상의 모든 것을 물들였어. 사람도, 나무도, 짐승도."

남자는 소맷자락을 걷어 자신의 팔을 보여줬다. 팔에는 얼룩덜룩한 회색 자국이 있었다.

"검은 허무가 닿은 곳에는 아무 감각도, 고통도 느껴지지 않게 돼. 온몸이 집어삼켜지면 감정도 의지도 없어지지."

남자는 이어 말했다.

"검은 허무와는 별개로, 마법이 발전할수록 인간은 먹지도

마시지도 않고, 잠을 자지 않아도 삶을 영위할 수 있었어. 필요
한 게 있다면 모두 마법으로 해결했지."

남자는 숨을 길게 내쉬며 말했다.

"……그래서일까."

옅은 바람이 남자의 옷자락을 스쳐 지나갔다.

"검은 허무에 저항하지 않는 사람도 있었어. 아니, 저항할
필요를 못 느꼈다는 게 맞겠다."

남자는 고개를 숙였다.

"검은 허무로 종말을 맞이하는 게 오히려 당연한 거 아니냐
고 주장하더라. 우리는 이제 너무나 완벽해서 아무것도 필요
하지 않았으니까."

솔이 바로 반문했다.

"다 죽는데도요? 인간이, 아니다, 세상의 모든 것이 까맣게
지워지는데도요?"

"응. 딱 반이었어. 그냥 이것마저 운명이라며 받아들이려는
이들이 말이야. 그리고 그들은 죽음에 대한 감각이 많이 무너
져 있었고. 너희는 어떻게 생각해? 종말의 운명을 받아들여야
한다고 생각해?"

솔은 고개를 저었다.

"그건 아닌 거 같아요."

아비스가 주먹을 꽉 쥐며 말했다.

"맞아요. 그런 게 운명이라니 이상해요."

유진이 담담하게 말했다.

"모든 게 다 사라지는 걸 받아들이라니. 그들은 소중한 게 없었나 봐요."

남자는 스타원의 대답이 마음에 든 모양이었다. 입가에 옅은 미소가 걸렸다.

"그래서 나머지 반은 필사적으로 저항했어. 나와 내 친구들도 방법을 찾았지. 서로가 집어삼켜지는 건 참을 수 없었으니까."

타호가 진지한 눈빛으로 질문했다.

"검은 허무는 어떻게 극복하셨나요? 그게 생겨난 원인은 무엇이었나요?"

남자는 천천히 고개를 저었다.

"원인은 아직 몰라. 인간이 영생에 가까운 시간을 영위하려 하다 범접해선 안 되는 무언가를 건드렸다는 것만 추측될 뿐. 그리고 극복은…… 아직 못 했어."

"네? 하지만 우리가 온 곳도 아직 멀쩡하고, 여기도 검은 형체라고는 없는데요?”

비켄이 의아하다는 듯 물었다.

“완전히 사라지진 않았어. 나와 내 친구들이 목숨을 걸고 봉인했을 뿐.”

남자가 말하며 지팡이를 휘둘렀다. 그러자 허공에서 나무를 얼기설기 짜 맞춘 상자 하나가 바닥으로 툭 떨어졌다.

“……여기에 했지.”

낡은 상자.

스타원은 멍하니 그 상자를 바라보았다.

제 25 화
상자

"저, 저기 있다고요? 막 바닥에 굴러다니는데? 저렇게 둬도 되는 거예요?"

비켄이 허겁지겁 손가락으로 상자를 가리키며 말했다. 남자는 피식 웃으며 말했다.

"괜찮아. 내 친구가 만든 건데, 아무나 열 수도 없고, 물론 부서지지도 않아."

허름해 보이는 상자를 보며 고개를 갸웃거리는 비켄을 향해 픽 웃은 남자가 이어서 설명을 해줬다.

"금제가 걸려 있거든."

금제라. 어디서 들어본 적 있었다. 용의 일족의 주사위가 그랬다. 솔은 서둘러 비켄에게 말했다.

"초콜릿, 초콜릿 다 치워!"

"에이, 설마. 이것도 카카오 열매로 부식돼요, 형?"

남자는 고개를 저으며 말했다.

"카카오 열매? 그렇게 기초적인 금제가 아니야. 우리의 생명력을 갉아 만든 상자인걸. 검은 허무를 봉인하려면 그런 나약한 금제로는 어림도 없지."

"……다행이네요."

호들갑을 떤 게 민망했는지 솔이 머리를 긁적이며 다시 앉았다.

"더 있는데, 볼래?"

빙긋 웃은 남자는 다시 한번 손을 휘둘렸다. 그러자 수십 개의 상자가 바닥으로 떨어졌다.

"검은 허무를 봉인한 뒤를 생각했을 때, 이 별이 언젠가 나아진 후에 별을 회복시킬 수많은 것들을 상자 안에 넣어야 했어."

남자는 상자 하나를 집어 들며 말했다.

"하나하나 엄청난 희생이 필요했어. 종말을 막기 위해…… 모두가 대가를 감수했지."

타호가 물었다.

"어떤 대가를 치렀나요?"

"가장 소중한 것들을 걸었어."

남자는 주먹을 꽉 쥔 채 숨을 토해냈다.

"어떤 이는 재능을, 어떤 이는 기억을 걸었어. 어떤 이는 이지를, 마지막에는 영혼까지 걸었지. 그렇게 이 상자들이 하나씩 생겨났지."

남자는 고개를 폭 숙였다.

"그리고 마지막으로 검은 허무를 봉인할 때…… 내 친구는 자신의 모든 것을 걸었어. 지독한 대가였지만, 자신밖에 할 수 없는 일이라며 기꺼이 감내했지."

남자는 상자에다 입을 맞췄다. 숭고해 보이는 그 모습을 모두 조용히 바라보았다.

"……."

침묵이 감돌았다. 섣불리 어떤 말도 꺼낼 수 없었다.

"미안, 너무 무거운 얘기를 한 것 같다. 너희랑은 너무 먼 얘기이려나?"

순간, 솔은 어깨를 움찔 떨었다. 별생각 없이 아니라고 하고 싶었다. 하지만 문득, 과연 그렇게 거리가 먼 이야기일까 하는 의문이 들었다.

용의 일족은 자신들을 일컬어 '운명의 소년들'이라 했다. 그리고 그들이 지나가듯 했던 말을 떠올렸다.

"싫으면 할 수 없다만, 용신의 구원을 돕지 않는다면 필연적으로 모두가 멸망한다."

무슨 뜻인지는 아직도 알 수 없었다. 애초에 용신의 구원이니 어쩌느니 하는 것보다는 멤버들의 안전이 우선이었다. 그래서 마법을 더 배우기 위해 드래곤 피크에 왔고, 어쩌다 보니 지금 이곳에 있었다.

멸망. 필연. 운명.

너무 막연해서 애써 외면해 왔고, 관심을 두지 않으려 했다.

그렇기 때문에, 솔은 지금 물어야 했다. 들어야 했다.

"아뇨, 더 얘기해주세요. 당신들의 이야기를요."

이곳의 하늘에는 별이 없었다.

또다시 시작될 긴 이야기를 앞두고 잠시 휴식 시간을 가졌다.

비켄은 바위에 걸터앉아 선선한 바람을 맞으며 앞 머리칼을 쓸어 올렸다. 그러자 비켄의 어깨에 있던 조롱박 곰이 입을 벌려 머리카락을 한 움큼 물었다. 비켄은 곰의 목을 손가락으로 살짝 긁어주었다.

"안 된대도."

빠!

비켄은 조금 웃곤 한숨을 내쉬며 말했다. 어딘지 모르게 그늘이 느껴지는 목소리였다.

"너는 왜 이렇게 내 머리카락을 좋아하는 거니."

조롱박 곰은 고개를 흔들며 머리카락을 달라는 듯 계속 울었다.

빠빠!

"누구를 닮아서 고집이 센 거야, 너."

조롱박 곰은 비켄의 눈을 피했다. 비켄이 다시 한번 타이르려 할 때, 나직한 목소리가 귓전에 울렸다.

"너 아닐까?"

어느새 남자가 다가와 있었다. 그가 조롱박 곰에게 손을 내밀자, 곰은 조심스레 손끝에 턱을 가져다 댔다. 턱을 조심스레 긁어 주자 만족스러운 듯 눈을 감았다.

"왜 안 자고 있어? 피곤할 텐데."

"그냥, 잠이 좀 안 와서요."

남자는 피식 웃었다.

"그래?"

"네. 사실 아까 형 이야기 더 듣고 싶었는데……."

아까 솔이 더 이야기해달라고 진지하게 부탁한 후, 남자가 막 입을 열 때였다. 아비스가 작게 하품을 했다. 참으려고 애를 썼는지 괴상한 표정으로 하품을 해서 모두 헛웃음이 나왔었다.

소환수를 다루느라 힘을 많이 썼을 터였다. 남자는 그런 아비스를 따뜻한 눈으로 보고는 쉬었다가 마저 하자고 했다.

그러고는 허공에 손짓하자 오두막집 한 채가 뚝딱 생겨났다. 다들 나무 침대에 누워 잠을 청했다.

"다들 잘 쉬고 있어?"

"네. 아비스는 반쯤 눈이 감긴 채로 나무 조각들 몇 개를 주워서 이리저리 맞추더니, 멍하니 그것만 하고 있긴 했지만요. 솔 형이 억지로 재웠어요."

"그랬구나."

"여기 온 뒤로 다들 조금씩 멍한 느낌이긴 해요. 저도 포함해서요. 이상한 기분이네요."

다들 마음이 복잡한지, 뒤척이다가 겨우 잠들었다. 비켄은 그마저도 잠들지 못한 상황이었다. 비켄은 남자를 빤히 바라보았다. 심란한 이유는 사실 이 사람 때문이었다.

"……형이 멸망에 관해 얘기해줬잖아요. 사실 그건, 저희도 좀 생각해봐야 하는 문제라서요."

남자는 아무 말도 하지 않았다. 비켄은 조심스럽게 물었다.

"무섭진 않으셨어요? 너무 큰일이잖아요. 상상도 못 했던 일이 계속해서 닥쳐오고. 멸망이니 뭐니 이런 거요."

"무서워. 이 운명이 무겁기도 해."

남자는 별이 없는 새까만 하늘을 가리키며 말했다.

"길도 없고, 힘들지."

남자는 희미하게 웃었다.

"그래. 우리도, 책에 나오는 영웅처럼 비장하지 않았어. 평범한 사람이자 친구들이었지."

남자는 비켄을 응시하며 작게 속삭였다.

"어렵고 무거워 보여도 길은 있어. 너는 혼자가 아니잖아?"

비켄은 왠지 마음이 무거워져 왔다. 남자는 어깨를 한 번 으쓱하고 말을 이었다.

"그 어떤 거대한 일도 뭐든지 결심하는 것부터 시작이야."

"그렇긴 하죠. 그런데……."

"응?"

한참을 말을 잇지 못하던 비켄이 조심스럽게 입을 열었다.

"……이건 아무에게도 하지 않았던 얘긴데, 전 제 마법이 좀 약한 것 같다는 생각을 해요."

비켄이 고개를 숙이고 자그맣게 말했다.

목소리와 달리 갑작스럽게 크게 쏟아져 나오는 비켄의 감정에 당황할 법도 했지만, 남자는 침착하게 비켄의 얘기를 들어주었다.

"다들 마법이 빠르게 느는 게 보이거든요. 잘 싸우기도 하고요. 유진 형은 원래 힘도 강하고, 몸을 쓰는 데 센스가 있었어요. 그런데 저는 울트라 빔을 열심히 쏘아주긴 하지만, 전투에서는 영 쓸모가 없거든요. 약초로 연고 만드는 게 다예요. 정말 도움이 안 되죠. 급박할수록요."

비켄은 고개를 들어 남자의 팔을 붙잡고 눈을 초롱초롱하게 빛내며 말했다. 하지만 그 맑은 눈동자에는 까만 절박함이 넘실대고 있었다.

"저도 형처럼 대단한 마법사가 될 수 있을까요? 좀 더 도움이 되고 싶어요. 무력함을 느끼고 싶지 않아요."

웃으며 비켄을 바라보던 남자는 가볍게 숨을 고르고 손바닥

을 내밀었다. 그러자 초록빛이 손안에 모였다. 빛은 곧 구의 형
태로 뭉쳐졌다. 남자가 가볍게 쏘아 보내자 비켄의 가슴 안쪽
으로 스며들려 했다. 하지만 찰나에 바로 튕기더니 사라졌다.

"안 되네?"

"뭘 주려고 하신 거예요?"

"이것도 인과율에 막힌 것 같다. 마법의 기초를 더 빨리 끌
어올릴 수 있는 힘을 주려 했는데, 안 되겠네."

비켄이 아쉬운 듯 입맛을 다셨다.

"이렇게 된 이상 방법은 하나밖에 없네."

"네? 뭔데요?"

비켄이 다시 눈을 빛내며 마른침을 삼키자, 남자는 피식 웃
고 말했다.

"노력?"

"아, 뭐예요! 엄청난 건 줄 알았더니."

남자는 비켄의 모습에 푸홋, 하고 웃더니 말을 이었다.

"아까도 말했지만 소중한 이들과 함께 있으면 강해질 수 있
을 거야. 떨어져 있더라도 언제나 함께 있다고 생각하면."

비켄은 긴 숨을 내쉬며 밤하늘을 올려다보았다. 낯선 이였
고 도움이 되는 말도 아니었지만, 실컷 하소연하고 나니 기운

이 났다. 비켄은 시선을 옆으로 돌렸다. 연약해 보이는 남자가 눈을 느릿하게 깜박였다.

"상담해줘서 고마워요, 형. 말 들어주는 거, 굉장한 거네요. 마음이 가벼워져요."

남자는 작게 미소를 지을 뿐이었다. 비켄은 조롱박 곰을 다시 어깨 위로 올리며 말했다.

"이만 자러 갈게요, 그럼. 형도 좋은 밤 보내세요!"

비켄은 한마디를 남기고 오두막으로 향했다. 남자는 물끄러미 그 뒷모습을 바라보았다. 비켄이 완전히 멀어졌을 때, 남자는 조용히 돌아섰다. 바람이 또다시 일렁거렸다.

"이만 나와도 돼."

남자가 눈을 감고 조용히 읊조리자, 솔은 볼퍼팅어를 안은 채 슬그머니 일어났다. 큰 나무 뒤에 억지로 몸을 숨기고 있었는데, 역시 들킨 모양이었다.

"어, 어떻게 아셨어요? 나름 열심히 숨었는데."

"내 공간인데 당연히 알지. 그리고 그게 아니더라도……."

남자는 솔이 안고 있는 볼퍼팅어를 보며 말했다.

"나무 사이로 이 녀석 귀가 나와 있었어."

솔은 난처한 기색으로 씩 웃었다. 볼퍼팅어는 솔의 품에서 꿈틀거리며 귀엽게 울었다.

뀨-!

솔은 볼퍼팅어를 한 번 꽉 안았다가 놓아줬다. 신이 난 듯 잔디 위에서 깡충깡충 뛰었다. 별빛이 없는 밤은 조금 어두워, 솔은 볼퍼팅어가 길을 잃지 않도록 자그마한 불씨를 만들어 모았다.

남자는 놀랐다는 듯 웃으며 말했다.

"엘프족이 불을 다루다니. 대단한데."

"그래요? 처음부터 쓸 수 있던데요."

어떻게 알았냐는 물음은 필요 없었다. 왜인지 이 남자는 모든 걸 알고 있을 듯했다.

"⋯⋯그나저나, 감사합니다. 비켄의 말을 들어주셔서요."

"뭘. 뭔가 더 도움을 주고 싶은데, 인과율이 막아서 안타까워. 우리가 만난 건 세상의 법칙에 어긋나는 일이긴 한가 봐."

"세상의 법칙이요?"

"누군가가 우리의 만남을 성사시키기 위해서 굉장한 후폭풍에 시달릴 거야. 아마 그 사람, 꽤나 고통스러울걸?"

남자는 이어 말했다.

"아마 엄청난 마법사일 거야. 나는 다른 세상의 나를 만나게 될 줄 몰랐거든."

솔은 어색하게 웃었다. 남자와 비켄이 닮았다는 건 처음 봤을 때부터 계속 느꼈었다.

"너는 처음부터 느꼈지?"

"음…… 네."

"하지만 친구들에게 말은 못 했겠네."

솔은 고개를 끄덕였다.

"네. 제가 느낀 많은 것 중, 어떤 것들은 말을 못 하겠어요. 용기가 없어서 그런 건지, 아니면 마치 그런 법칙이라도 있는 건지."

"그래. 아직은 때가 아닐 거야. 하나 조언해주자면, 음……. 지금은 자세히 말해줄 순 없지만, 분명한 사실은 하나 있어. 너희들이 '선택'해야 할 때는 오게 되어 있어."

남자는 잠시 숨을 고르고 말했다.

"그곳의 아이가 나라면, 언제든 숙명은 다가올 테니 말이야."

제 26 화

상자를 여는 사람

여전히 모호한 말들이 많았다. 솔은 이해하기 어렵다는 듯 아무 말도 하지 못했다.

"마법이 서투른 것도 지금뿐일 거야. 곧 숨 쉬듯 강한 마법을 쓰게 되겠지."

"곧……이요. 빨리 그렇게 되면 좋겠네요."

강한 마법이 뭘까. 매니저 DK 정도면 강한 걸까? 용의 일족이 보였던 마법이면 강한 걸까?

이 남자처럼 마법을 잘 다루는 비켄, 그리고 멤버들이라. 쉽사리 상상이 되진 않았다. 수많은 사람에게 치유의 빛을 뿜어주는 비켄을 상상하니 피식 웃음이 나왔다.

남자는 아득한 눈빛으로 먼 곳을 바라보더니 조용히 말했다.

"끝이 다가오는 게 기뻐."

이 남자의 말은 멸망이니 끝이니, 온통 절망적인 단어투성이였다. 남의 일 같지 않은 느낌이라 덩달아 우울해지곤 했다.

그런데 기쁘다니. 솔은 질문하려고 입술을 달싹였다. 그때 남자가 다시 입을 열었다.

"너는 친구들이 원망스럽지 않아?"

"네?"

"네가 말하는 걸 믿어주지 않잖아."

남자는 대충 알고 있다는 듯 옅게 웃으며 물었다.

"글쎄요. 믿어 주지 않는 건 아니에요. 믿을 수 없는 얘기를 제가 할 뿐이지. 그리고 웬만하면 잘 따라주는데, 음⋯⋯. 어려운 질문이었네요."

어떤 면에서는 믿어주지 않았다. 마법을 발현하기 전에는 악몽이나 주사위에 관한 이야기도 흘려들었었다. 마법을 쓰게 된 이후에는 다들 혼란을 수습하기 바빴고.

"그럴 만한 상황이었으니까요. 진심을 다한다면 언젠간 다들 믿어줄 거라 믿어요."

솔은 짧게 침묵하고 말을 이었다. 남자는 가만히 들어주었다.

"사실, 길을 모르겠어요. 우리가 최선을 다하고 있는지도 모르겠고요. 지금 당장 닥친 상황에 대해서 할 수 있는 걸 하곤 있지만 이게 정말 최선일까요?"

솔은 줄줄이 말하곤 속을 들킨 듯 한숨을 내쉬었다. 이 남자에게는 신기한 힘이 있었다. 이상하게 속에 있는 말을 자꾸 꺼내게 됐다. 스스로 완전하게 만들지 못한 문장도 기어코 끄집어내는 묘한 힘이 있다.

"아까 그 아이에게는 결심하는 것부터 시작이라고 해줬는데, 너는 그다음을 고민하고 있네."

"저는 리더니까 멀리 봐야죠. 지금은 한 치 앞도 가물가물한 주제이긴 하지만요."

"반짝임을 믿어."

남자는 작게 중얼거렸다.

"그 반짝임이 도와줄 거야. 별은 길을 찾을 테니까."

너무도 진지한 목소리에 솔은 조용히 고개를 끄덕였다. 이해할 수 없었는데 납득이 되는 묘한 말이었다.

새삼 별빛 하나 없는 새까만 밤하늘이 눈에 들어왔다.

"좋은 아침!"

햇살이 눈가를 간지럽혔다.

한바탕 밤 산책을 하고 잠들어서일까. 솔이 눈을 떴을 때 멤버들은 대부분 깨어 있었다.

솔은 침대에서 일어나 기지개를 켰다. 그러자 볼퍼팅어는 기다렸다는 듯 솔의 품으로 뛰어왔다.

반가운 마음에 제 힘을 주체 못 한 건지 뿔에 빗장뼈를 조금 부딪치고 말았다. 솔은 신음을 내며 가볍게 질책했다.

"너무 격하잖아, 너."

볼퍼팅어는 고개를 갸웃거리며 앞발을 모았다.

뀨!

어물쩍 넘어가려는 거 같았다. 오동통한 앞발 때문일까, 웃음이 저절로 났다. 솔은 머리를 쓰다듬어 주었다.

솔은 볼피팅어를 안고 방 밖으로 나갔다. 식탁에 앉아 수첩에 뭔가를 적고 있는 타호가 먼저 눈에 들어왔다.

"뭐 해?"

"아, 그 사람에게 할 질문 좀 정리해놓으려고. 묻고 싶은 게 산더미인데, 정리가 안 돼서 말이야."

"꼼꼼하네. 비켄은 아직 자는 것 같고. 유진 형은······."

솔은 말하다 말고 창문 너머를 바라보았다. 아니나 다를까, 유진은 부지런하게 아침 운동을 하고 있었다. 아침 운동이라고 하기엔 너무 격해 보이긴 하지만.

솔은 조금 웃은 뒤 아비스를 향해 고개를 돌렸다. 바닥 쪽에 쪼그려 앉아 어제의 나무 조각을 가지고 이리저리 조립 중이었다.

파편들은 일정한 형태가 없는 입체 퍼즐 같아 보일 뿐이었는데, 그걸 가지고 어느 정도 상자의 윤곽을 만들어 가고 있었다. 솔은 순간 자기도 모르게 감탄이 나왔다.

"와, 이게 상자가 되네?"

솔은 주저앉아 아비스가 반쯤 맞춘 상자를 바라보았다. 전에는 몰랐는데, 자세히 보니 뭔가 기묘한 문양이 있었다.

"문양을 토대로 맞추는 거야?"

아비스는 고개를 저었다.

"아니, 뭐랄까. 일반적인 퍼즐처럼 그림을 완성하는 게 아니야. 뭔가 법칙이 있어. 그런데 설명하기는 어려워. 나도 그냥 손 가는 대로 하다 보니 되는 거라. 너무 신기해서 손을 못 떼겠어."

그러고 보면 아비스의 능력은 유독 대단했다. 다른 세계의 소환수들을 불러내고, 다룰 줄도 안다는 건 늘 신기했다.

볼퍼팅어는 솔의 품에 있다가 바닥으로 뛰어 내렸다. 그리고 깡충깡충하며 조롱박 곰 곁으로 갔다.

뀨뀨!

빠빠!

뭔가 대화를 하는 모양이었다. 한참 그러고 있던 소환수들은 뭔가 결심했는지 문가를 향해 나아갔다. 솔은 눈치껏 문을 열어줬다. 그러자 조롱박 곰은 볼퍼팅어와 함께 신나게 밖으로 나갔다. 타호는 그러거나 말거나 질문 적기에 열심이었다. 솔은 물끄러미 그 모습을 바라보다가 곁에 다가가 물었다.

"무슨 고민이라도 있어?"

"아니, 그냥. 어떻게 이런 공간을 만든 건지, 홀로 어떻게 그 긴 시간을 살아왔는지 이런 게 궁금해서."

"나도 궁금하긴 해. 그런데 타호야, 그 사람에게 많은 정보를 얻을 수는 없을걸?"

"어? 왜?"

"뭔가 중요한 말을 하면 들리지 않아. 마치 음소거 된 것처럼."

타호는 눈을 가늘게 뜨며 말했다.

"그, 인과율이라는 게 그거야?"

솔이 고개를 끄덕였다.

"잘은 모르겠지만 우리가 섣불리 알아선 안 되는 사실들이 있는 것 같아."

타호는 한숨을 폭 내쉬며 수첩을 닫았다.

"괜한 짓 한 거려나."

"그래도 질문은 해 봐. 뭐라도 얻어 가면 좋잖아."

타호는 탁자에 이마를 대고 힘없이 말했다.

"마법서가 해석이 됐으면 더 깊은 걸 물어볼 수도 있었을 텐데……"

"그러게. 에휴, 모르겠다. 그래도 이렇게 계속 시간을 보낼 수는 없으니까, 마법 연습이라도 하고 있을까?"

"좋아. 어차피 여기선 시간도 안 가니까."

타호가 손목의 스마트 워치를 확인했다.

"엥? 어라? 시간이 조금 지났는데?"

타호는 워치를 솔에게 보여 주며 말했다.

"드래곤 피크에서는 2시간, 현실 세계에서는 10분 정도 흘렀어."

"음, 혹시 우리가 돌아갈 때가 가까워진 건가?"

"그것도 물어봐야겠다."

타호는 다시 수첩을 열어 열심히 적었다. 솔은 고개를 돌려 곤히 자고 있는 비켄을 바라보았다. 비켄은 그 남자가 또 다른 자신이라는 사실을 알까. 아마 모를 터지만, 어렴풋이는 느끼고 있을 것이었다. 그러곤 혼잣말하듯 말했다.

"왜 우릴 기다렸고, 자신의 이야기를 들어달라고 하는 걸까. 그리도 애처롭게."

타호는 솔의 말을 듣다가 아무렇지 않게 말했다.

"감인데 말이야, 왠지 슬픈 이유일 것 같아."

"왜?"

"그냥 감이야."

타호는 말을 흘리며 자리에서 일어났다. 평소에 모호한 대답을 제일 싫어하는 타호였지만, 왜인지 그냥 넘어가버렸다.

솔은 체념하고 비켄을 바라보았다. 햇살이 속눈썹에 소복하게 쌓이는데, 비켄은 아직도 달게 자고 있었다.

저녁이 다 되어 가는 늦은 오후, 저무는 노을빛 속에서 남자와 스타원은 전처럼 돌 위에 앉았다. 모두가 이야기를 들으려 준비하는 가운데 아비스는 여전히 나무 조각을 맞추고 있었다. 그때 남자는 나직하게 말했다.

"시간 축이 다시 돌아가기 시작했어. 모든 것이 순리대로 돌아가겠지. 원래는 만나면 안 될 우리가 각자의 운명으로 되돌아갈 거야."

"당신이 간곡히 빌었기 때문에 우리가 만날 수 있었던 거고요?"

타호가 물었다.

"응."

남자는 고개를 끄덕이고 말했다.

"별이 검은 허무에 물들고, 나와 친구들은 각자 하나씩 소중한 걸 걸며 방법을 찾았다고 했지?"

"네."

"흐름을 어기는 대가는 컸어."

남자가 허공에 손짓하자, 아비스가 조립해 가던 상자가 두둥실 떠올랐다.

"검은 허무를 봉인하긴 했지만 세상을 전처럼 되돌리긴 어

려웠지. 허무는 모든 것을 갉아 먹었고, 찬란했던 거대한 대지
는 한 줌의 섬만 남았어. 그나마 유지되는 건 태초부터 존재했
던 이그드라실뿐. 준비했던 상자들을 사용하기엔 별의 상처
가 너무 깊었어."

　남자의 말은 이곳과 닮아 있었다. 무엇도 없는 공허한 공간
속 덩그러니 선 거대한 고목 하나.

"회복될 가능성은 아예 없는 건가요?"

　타호가 급히 질문했다. 남자는 고개를 저었다.

"회복될 수 있어. 헤아릴 수 없는…… 억겁의 시간을 지나,
아주 작은 가능성에 따라서."

　남자는 아비스가 만든 상자를 쓰다듬었다.

"이런 상태가 된 이후, 남아 있던 자들은 멸망에서 살아남고
싶었어. 스스로 소멸되어 가는 걸 느끼면서도 언젠가 다시 만
나길 소망했어. 그래서 방법을 찾았지."

"어떤 방법을 쓰셨는데요?"

"검은 허무를 봉인했던 것처럼 우리들 스스로를 상자 속에
넣었어. 시간이 지나고 대지가 회복되면 상자를 열기로 했지."

　그때 비켄이 말했다.

"세상이 회복되면 상자를 열겠네요."

"응."

"……누가 열어요?"

솔은 자기도 모르게 주먹을 꽉 쥐었다. 순간, 모든 퍼즐이 맞춰진 느낌이 들었다.

남자는 왜 이곳에서 혼자 있었을까.

"나. 내가 여는 사람이야."

남자는 숨을 고르고 말했다.

"내가 다른 이들에 비해서, 그나마 검은 허무에 물들지 않았거든. 그리고 대지의 아이인 덕도 컸지. 이그드라실에 내 신체의 축을 맞춰 놓을 수 있었으니까."

남자는 아비스가 만든 상자를 쓰다듬었다.

"다들 큰 희생을 했고, 내 희생은 머나먼 기다림이었을 뿐이야."

아득할 정도의 먼 시간을 홀로 보내는 일. 아무리 세계를 되돌리는 일이라지만 너무 잔인했다. 그때 타호가 물었다.

"그럼, 상자의 금제는 뭐예요?"

"금제라. 음, 그것 역시 '나'라고 해야 하려나?"

"그게 무슨 말이에요? 상자에 닿아도 소멸하거나 파괴되지 않았잖아요."

"상자가 사라지진 않아. 다만, 내가 아니면 누구도 열 수 없다는 강력한 봉인이 걸려 있지. 그래서 언젠간 돌아갈 세상을 위해 난 죽지도 살지도 못한 채 이렇게 버텨왔어."

그 말을 듣고 남자가 차라리 죽기를 원할 만큼 외로운 공간에서도 간신히 견디며 살아온 이유를 이해할 수 있게 되었다.

"어떻게 하면 미치지 않을까 늘 생각했어. 백 년쯤은 황량한 이 별을 헤맸지. 삼백 년쯤은 엎드려서 아무것도 하지 않았어. 눈밭에 파묻혀서 눈만 뜬 채 시간을 보내기도 했지. 잠들 수도 없으니 말이야."

남자는 옅게 웃으며 말했다. 웃음 속 한 줄기 광기가 슬퍼 보였다.

"그러다 한때 하늘에 있던 별을 떠올리며 누군가 찾아오길 간절히 빌었고, 너희들이 내게 왔어."

눈물이 고인 채로 밝게 웃으며 말을 덧붙였다.

"혹시, 너희들…… 결국 미쳐버리고 만 나의 환상은 아니겠지?"

"……."

섬뜩한 슬픔이 멤버들의 입과 숨을 꽉 붙들었다.

제 27 화
선물

어색한 침묵도 잠시, 남자의 슬픈 말에 스타원은 단체로 외쳤다.

"아니에요! 걱정 마세요!"

씩씩한 대답에 남자는 미소 지으며 눈가를 훔쳤다.

"상자를 열게 되면 친구들도, 자연도 모두 기지개를 켤 거야. 검은 허무가 없는 대지에서 모두 자유롭게 살아가겠지. 이제 조금만 더 버티면 돼."

"상자를 연 뒤에는 잠들 수 있는 건가요?"

타호가 묻자, 남자는 안색이 어두워진 채로 말했다.

"검은 허무는 풀려나면 안 되니까, 난 그 상자에 나를 가둘 거야. 열 수 있는 존재가 없어지면, 검은 허무는 영원히 봉인이 되겠지. 그리고 나도……."

분위기가 심상치 않자, 비켄이 더 물었다.

"얼마나 그렇게 계셔야 하는데요?"

"내가 말했지? 이런 큰 마법은 대가를 동반한다고."

비켄은 고개를 끄덕였다. 남자는 비켄을 바라보며 말했다.

"잘 모르겠어. 그래도 이 별은 안전하겠지. 검은 허무는 내 공간에 있을 거고. 그럴 일은 없겠지만, 혹시나 상자가 파괴되더라도 내가 그 안에 있다면 검은 허무는 새어 나오지 않을 테니까. 그래야 나의, 친구들의, 모두의 희생이⋯⋯."

두서없는 말. 감정이 가득 담겨 이해는 되지만 어딘지 모르게 잠꼬대 같았다. 그리고 늪에 빠진 것처럼 서서히 죽어가는 기분이 느껴졌다.

비켄은 벌떡 일어나며 말했다. 스스로도 설명하지 못할 분함과 슬픔에 어느새 눈가에 눈물이 슬쩍 고여 있었다.

"⋯⋯그럼, 친구들이 되살아나도 형은 만나지 못하고 잠들어 있는 거잖아요. 아무리 잠들어 있다 해도, 또 혼자가 되는 거잖아요."

아비스도 이어 말했다.

"형은 그 사람들을 보고 싶어서 아득히 긴 시간을 버텼을 텐데요!"

남자의 손이 떨렸다. 그는 한 손으로 마른세수를 했다.

"내 바람은 멸망을 이기는 거였어. 그 정도의 희생은 감수해야 하잖아."

남자는 어깨를 조금 떨기 시작했고, 그 떨림은 삽시간에 커져 종래엔 온몸이 덜덜 떨렸다.

이를 악문 남자는 막힌 숨을 토해내듯 중얼거리기 시작했다.

"보이지 않는 별이여, 내가 끝까지 마무리할 수 있게 해주세요. 저에게 견딜 힘을 주세요. 아니면 길을 주세요. 지극한 외로움에 계속 광기가 쌓입니다. 이러다 이지를 잃을까 두렵습니다. 제발, 힘을 주세요."

주문일까. 기도일까. 다짐일까.

분명한 건 수없이 반복했던 말인 것 같았다.

남자는 깊게 숨을 내쉬었다.

"······무서워."

마음속 깊이 숨겨두었던, 진실한 감정이었다.

그리고 그 진실을 뱉어내자 분위기가 조금씩 차분해졌다.

"추울 리가 없는데, 추워. 나는 눈 속에 백 년을 있어도 괜찮은데, 몸이 떨려. 그리고 마음이 부서지고 있어."

비켄은 남자에게 다가가 손을 잡아주었다.

'젠장……'

맞닿은 손이 너무 차가워서 다시 눈물이 나올 것 같았다.

"고마워."

조금의 온기가 전해진 듯 남자의 떨리던 몸이 진정되어갔다. 한동안 비켄의 손을 잡은 채 눈물을 바닥에 뚝뚝 흘리던 남자는 고개를 들었다.

"……이 아이는 혼자 두지 말아줘. 부탁할게."

남자가 비켄과 마주 잡은 손을 들고 솔을 향해 말했다. 마음으로 의미를 이해할 수 있었던 솔도 눈을 맞추며 진지하게 말했다.

"네, 절대로 그러지 않을게요. 절대로요. 세상에 절대가 없다고 해도 절대입니다."

"하하, 든든하네."

남자는 젖은 눈으로 웃었다. 그러다 소매로 눈물을 훔치고 천천히 심호흡했다. 그러고는 조용히 말했다.

"자. 이제, 내 이야기 끝."

그리고 허공에 손짓하자 단단해 보이는 나무 지팡이가 공중에서 날아왔다. 남자는 지팡이에 입을 맞추었다. 그러자 마법 문양들이 지팡이 주위에 맴돌더니 곧 사라졌다.

남자는 비켄의 손에 지팡이를 쥐여주려다 무언가 생각난 듯 젖은 소매를 들췄다. 그러고는 손가락으로 얼룩덜룩한 손목을 내리그었다.

투두둑-.

붉은 핏방울이 지팡이에 떨어졌다.

"헉, 형! 피 나잖아요!"

비켄이 어쩔 줄 모르며 팔을 덥석 잡았지만, 남자는 아랑곳하지 않고 계속 지팡이 위에 팔을 대고 피를 뚝뚝 흘려보냈다.

꽤 많은 피가 묻었을 때 남자는 지팡이를 한 바퀴 돌렸다. 그러자 녹색 빛이 퍼졌다가 다시 지팡이로 확 모였고, 피가 흥건했던 지팡이는 원 상태로 돌아왔다.

남자는 아무 일 아니란 듯 방긋 웃으며 비켄에게 지팡이를 건네주었다.

"자. 내 힘으로 지팡이의 힘을 좀 눌러놨어. 네 마법이 강해지고 지팡이를 다루는 데 능숙해지면 차츰 말을 들을 거야. 처음에는 조금 힘들겠지만, 너라면 금방 할 수 있어."

비켄은 지팡이를 받아든 채 눈을 깜박였다. 소박해 보이는 나뭇가지 형태의 지팡이인데, 꽤나 큰 힘을 가지고 있는 듯했다. 그리고 처음 잡아봤지만, 거짓말처럼 무척이나 익숙했다.

"이 지팡이는 나도 스승님께 물려받은 거야. 오랜 시간, 대지의 아이들과 함께했지."

비켄은 어깨를 움찔하며 말했다.

"그, 그렇게 대단한 걸 제가 받아도 될지……."

"소중히 대해주면 너를 든든하게 지켜줄 거야. 아, 뭐 더 필요한 거 없니?"

그때 타호가 냉큼 말했다.

"혹시 포션 같은 건 없나요? 왜, 게임에서 보면 물약 같은 걸 먹으면 씻은 듯이 체력이 회복되잖아요. 필요할 때가 너무 많아요."

"음, 포션이라."

남자는 잠시 골똘히 생각하더니, 허공에 손을 한 번 휘돌렸다. 그러자 쇠로 된 투박한 수통이 허공에서 떨어졌다.

"웃차!"

남자는 수통을 받고 타호에게 말했다.

"이 정도는 줘도 인과율에 걸리지 않을 것 같은데……. 여기 손을 대봐."

타호는 조심스럽게 수통에 손을 가져다 댔다. 하지만 정전기가 일어난 것처럼 바로 손을 떼었다.

"악! 따가워요."

슬쩍 다가간 솔도 한번 손을 가져다 대고는 화들짝 놀라며 손을 떼었다.

"이 정도도 안 되나 보구나. 음······."

남자는 또 고민하더니, 다시 허공에 손을 휘둘렀다. 그러자 이번에는 화려한 꽃무늬 음각이 들어간 유리병이 손안으로 떨어졌다.

"우와, 이건 뭐예요? 예뻐요."

아비스가 눈을 휘둥그레 뜨고 물었다.

"이건 옛날의 장식품 같은 거야. 여기도 손을 대볼래?"

이번엔 아비스가 손을 대었고, 아무 일도 일어나지 않았다.

"괘, 괜찮아요."

"아, 다행이다. 이걸 줄게. 언젠가 쓸 일이 있을지도 모르지."

남자는 다시 소매를 걷었다. 손가락으로 피부를 긋자 피가 주르륵 흘렀다. 보석으로 장식된 화려한 유리병이 붉은 피에 물들었다.

비켄이 안타까워하는 눈빛으로 팔을 보았지만, 남자는 똑같이 얼마간 피를 흘렸다. 피로 적셔진 유리병은 빛을 머금었다가 사라졌고, 남자는 비켄의 주머니에 넣어주었다.

"……자, 이제 너희를 보내줄게."

남자는 스타원을 천천히 둘러보며 방긋 웃었다. 후련함과 처연함이 느껴지는 웃음이었다.

"왔을 때처럼 주사위를 다시 던지면 될 거야."

비켄과 타호는 영 아쉬워하는 눈치였지만, 유진이 말했다. 냉정함을 가장했지만 목소리에는 아쉬움이 묻어났다.

"그래, 이제 슬슬 가야지. 워치 보니까 드래곤 피크에서는 4시간, 현실 세계에서는 20분 정도 시간이 지난 것 같아."

솔도 유진의 말을 거들었다.

"맞아. 거기서 갑자기 행방불명된 상태일 텐데, 걱정할 거야."

그렇게 돌아가는 방향으로 의견을 모을 때, 아비스가 손을 들었다.

"잠깐만! 나, 이거 완성하고 싶어. 한 10분이면 될 것 같아."

아비스는 거의 다 조립해가는 상자를 들고 말했다. 어떻게 했는지 모르겠지만, 나무 조각만으로도 상자가 거의 완벽한 모습으로 완성되어 가고 있었다. 마치 처음부터 나무를 상자 모양으로 깎은 것 같은 모습이었다.

그 기이한 완성도에 홀린 듯, 솔은 고개를 끄덕였다.

"뭐, 잠깐이니까. 기다려줄게."

아비스는 활짝 웃더니 솔의 팔을 잡아끌고 소곤소곤 말했다.

"솔 형, 이거 완성은 곧 될 거야. 10분은, 다름이 아니라……우리 선물을 많이 받았잖아."

"그렇지?"

"혼자 계시느라 외로울 텐데, 우리도 선물을 드리고 가자. 내가 신기한 거 보여줄게. 타와키, 이리 와봐!"

타와키가 쪼르르 날아왔다. 솔이 빤히 보고 있을 때, 타와키는 그동안 아비스랑 연습이라도 한 건지 상자 안으로 쏘옥 들어갔다.

이상했다. 타와키의 크기는 상자보다 컸다. 하지만 그 안으로 흔적도 없이 쏙 들어갔다.

"신기하지?"

아비스가 상자를 다시 여니, 타와키는 바로 포로롱 날아 나왔다.

"우리도 이 상자 안에 뭔가 선물을 담아서 드리자."

솔은 고개를 끄덕이고 아비스를 와락 안았다.

"그래! 잘 컸다. 장하다, 우리 막내!"

어리게만 보았던 막내의 마음 씀씀이가 참 보기 좋았다.

"그런데, 우리가 뭘 줄 수 있지? 지금 가진 건 몸밖에 없잖아."

"그렇긴 하지. 흠⋯⋯."

솔과 아비스가 둘이서 속닥거리자, 비켄과 유진, 타호가 모여들었다.

"뭔데, 뭔데?"

비켄이 궁금해하는 기색으로 묻자, 아비스가 조용히 말했다.

"아, 선물을 너무 많이 받았잖아. 우리도 뭔가 드리고 떠나려고. 뭐 좋은 것 없을까?"

유진이 손목을 내밀었다.

"⋯⋯스마트 워치?"

"⋯⋯형. 그건 필요 없다고 하실 것 같은데."

솔이 말하자 다들 고개를 끄덕였다. 삼삼오오 머리를 맞대고 고민에 빠져 있을 무렵. 비켄이 손을 들고 말했다.

"나, 나 생각났어!"

비켄은 남자를 힐끔 보며 말했다.

"형, 추워 보이잖아. 그래서 말하는데, 이거 어때?"

비켄이 고개를 숙인 채 속닥거리며 의논했다. 결론은 빠르게 나왔고, 그새 아비스도 상자를 마저 완성시켰다.

그리고 오두막에 들어가 놓고 가는 짐이 없는지 확인한 뒤, 다시 남자 앞에 섰다.

"준비됐지? 그럼, 공간을 열게."

남자가 허공에 손짓하자, 잔디밖에 없었던 공간이 갈라지고 이전의 하얀 설원이 드러났다. 스타원은 조심스럽게 눈밭을 향해 발을 디뎠다. 온통 하얀 공간에 스타원의 발자국이 점점이 찍혔다.

"이제 이별이네. 잘 가. 나의 별들."

거대한 삶의 무게를 지닌 또 다른 비켄. 눈보다 더 눈 같은 남자. 너무 오랜 시간을 홀로 견딘, 강하고도 약한 사람.

"건강하세요. 잠에 들게 되면 좋은 꿈을 꾸시길 바라요."

비켄이 남자의 눈을 응시한 채로 말했다. 남자는 옅게 웃으며 화답했다.

"그래. 꼭 그렇게."

"그리고 별것 아니지만 저희가 준비한 선물이에요."

비켄은 아비스에게서 나무 상자를 건네받아 남자에게 조심스럽게 주었다.

"상자는 저희가 가고 나면 열어보세요."

남자는 상자를 만지작거리며 말했다.

"기대되는걸. 나에게도 마음껏 열어볼 수 있는 상자가 생기다니……, 고마워."

남자의 눈에 얕게 눈물이 고이며 눈동자가 흐려지기 시작했다. 그리고 뭐라고 속삭였다.

"……."

하지만 그건 인과율에 닿았는지 아무 말도 들리지 않았다.

그래도 비켄은 알 수 있었다. 남자는 축복의 말을 하고 있을 것이었다.

무척이나 슬픈데, 이상하게도 가슴 언저리가 따스했다.

제 28 화

좋은 꿈

별을 닮은 아이들은 원래 저들이 있던 곳으로 되돌아갔다.

홀로 남은 남자는 조용히 눈을 감고 대기를 느꼈다. 손끝 아래로 멈춰 있던 시간축이 움직이는 게 느껴졌다. 늘 고요하기만 했던 발아래가 기분 좋은 울림을 내며 천천히 요동쳤다.

기다려왔지만, 동시에 두려웠던 미래가 마침내 다가왔다.

지축과 함께 두 손도 떨려 왔다. 그토록 염원했음에도 왜 무서운 걸까.

남자는 한번 숨을 고르고, 손짓을 해서 지팡이를 부르려 했다. 하지만 지팡이는 그의 손안에 잡히지 않았다. 순간, 아차 싶었다. 그의 지팡이는 이미 마땅한 이에게 넘겨준 채였다.

남자는 희미하게 웃으며 손을 아래로 떨구었다. 사실 그에게 지팡이는 필요 없었다. 위대한 마법사에게 도구란 요식일 뿐이었다.

하지만 그 아이들에겐 필요할 터였다. 여린 순일 때는 보호가 필요한 법이니까.

남자는 눈을 감고 잠시 그들의 얼굴을 떠올렸다. 짧은 순간이었지만, 영겁의 시간을 외로이 견뎌온 그에겐 너무도 빛나는 기억이었다.

그것은 하얀 설원과 같은 남자에게 따듯한 위로였다.

늘 마지막을 준비하며 이지를 잃어가는 자신에게 제일 필요한 것을 선물해주었다.

'용기.'

남자는 속으로 한 번 읊조리고, 조용히 손짓했다. 새까만 밤하늘이었던 그의 공간이 서서히 회색빛으로 뒤덮이기 시작했다.

남자가 머물던 공간은 언제 있었냐는 듯 신기루처럼 사라졌다. 남자는 그곳에서 저벅저벅 걸어 나와 설원을 향했다.

이 별은 여전히 눈이 내렸다. 끝없이 반복되던 풍경이지만, 지금은 조금 달라 보였다.

"하아……."

토해낸 하얀 숨결이 허공에 흩어졌다. 동시에 매서운 추위가 느껴지기 시작했다. 시간의 축이 움직이자 감각을 느낄 수 있게 된 것이다.

그는 몸을 떨며 천천히 걸어갔다. 백지장 위에 작은 발자국들이 점점이 박혔다. 발자국이 선을 그리기 시작할 무렵, 하얀 대지 위 홀로 서 있는 이그드라실의 앞에 섰다.

홀로 견디던 세월, 유일하게 위안이 되던 존재였다. 남자는 천천히 나무를 쓰다듬고, 입을 맞추었다. 까슬까슬한 나무껍질이 입술에 닿았다가 떨어졌다.

"대자연이시여."

영창하듯 말하자, 이그드라실에서 환한 빛이 감돌더니 그 빛은 구체를 이루었다. 빛은 천천히 남자의 주위를 맴돌다가 그의 손에 내려앉았다.

빛은 점점 사그라들더니 그 속의 물체를 드러냈다. 얼기설기 조립된, 작고 헐거워 보이는 나무 상자가 있었다. 그토록 염원했던 봉인의 상자였다.

고작 이 상자 하나. 이걸 열기 위해 아득히 먼 시간을 버텨왔다. 남자는 곧장 상자를 열려 했지만, 손끝이 떨려 쉽지 않았다.

두 가지 마음이 충돌했다.

열어야 해.

열지 마.

짊어진 사명은 열라고 명령했지만, 사랑했던 이들과 만나지 못하고 또다시 심연에 갇히기 싫은 마음은 열지 말라고 끊임없이 그를 유혹했다.

남자는 머리를 세차게 털어내고 쓰게 웃었다. 그러곤 상자를 보며 속삭였다.

"얘들아……. 내가 할 수 있을까?"

아마도, 친구들은 힘을 내라고 응원했을 것이었다. 또는, 네가 무리일 것 같으면 하지 말라고. 자신들은 뭐든 정녕 괜찮다고. 그렇게 토닥여줬을 터였다.

하지만 친구들의 얼굴과 목소리는 잘 떠오르지 않았다. 그래서 잠시 곁에 머물렀던 아이들의 모습을 떠올렸다. 다르지만, 분명 같은 존재였을 테니까.

한참을 그렇게 있자 조금은 힘이 났다. 씩씩하고 활기찬 그들의 모습에 미소가 지어졌다.

그 순간, 눈이 그쳤다. 남자의 시선이 하늘을 더듬었다. 자신이 만들었던 밤하늘도, 회색빛으로 덮였던 공간도 사라졌다. 주변은 온통 새까만 공간이 되어, 이그드라실과 자신만 우두

커니 서 있었다.

그때, 뭔가가 보였다. 믿을 수 없게도 저 멀리 아주 작은 별빛 하나가 존재감을 내비치며 빛났다.

작지만 활활 빛나는 빛을 보자 다시금 아이들의 활력이 떠올랐다. 문득, 그들이 남긴 상자가 떠올랐다.

손을 한 번 휘돌리자 헐거운 상자 위로 더 작고 어설픈 상자가 모습을 드러냈다. 이번엔 망설임 없이 바로 그 상자를 열었다. 생일에 부모님이 준 선물상자를 여는 어린아이의 기분으로.

상자는 쉽게 열렸다. 이게 뭘까. 남자는 눈을 깜빡였다.

작은 상자에서 작지도 크지도 않은 공이 두둥실 떠올랐다. 투명한 공 안에서 따뜻한 불꽃이 타오르고 있었다. 그 공이 주인을 알아보듯 통통 튀어 품에 들어왔다. 남자는 천천히 그걸 안았다. 공의 온기보다 더 따스한 마음이 느껴졌다.

이 공이 무엇인지 알고 있었다. 설원에서 처음 발견한 아이들은 이 공은 안고 있었다. 추위를 잊으려는 듯 소중하게 말이다.

'이걸 줬구나. 맞아. 내가 춥다고 했지.'

순간, 웃음이 나왔다. 아마 고민했을 것이다. 그들이 가진 것 중에 자신에게 필요한 걸 고르기란 쉽지 않았겠지.

아마 의논을 했을 것이다. 여린 순들이 머리를 맞대고.

'이건 아주 좋은 거야. 아주 좋은 걸 줬어.'

그들은 알까. 이 온기가 자신에게 어떤 의미인지 말이다.

자신을 믿었던 친구들이 떠올랐다. 멸망을 이겨내기 위해 다들 언제 찾아올지 모를 구원의 시간에 앞서 자신들을 희생했다. 상자 속에 자신들을 영원히 잠재우면서도 다들 후회하지 않았다.

그것이 서로를 살릴 길이라면 다들 기꺼이 희생을 택했다.

지나온 시간만큼 또다시 잠들어야 했다. 어쩌면 이번에는 정말 영영 깨어나지 못할 수도 있었다. 하지만 의심과 두려움을 이기는 건 언제나 희망이었다.

어쩌면, 아주 어쩌면 긴 잠이 끝나고 나면 누군가 잘 잤냐고 안부를 물으며 머리칼을 쓰다듬어줄 수도 있겠지.

남자는 공을 안고 천천히 무릎을 꿇었다. 상자를 잡고 손끝에 힘을 줬다. 의지를 담아서일까. 상자는 부드럽게 열렸다.

하얀빛이 상자의 틈새로 새어 나왔다. 잊고 있던 나른함이 전신을 감싸 안았다. 남자는 마지막으로 공간을 둘러보았다. 작은 별은 여전히 반짝였다. 희미한 웃음이 입가에 맴돌았다.

털썩.

몸이 눈밭에 흩어졌다.

잠을 잘 거야.

아마 좋은 꿈을 꾸겠지.

품에 안은 공이 따스했다. 남자는 눈을 감았다.

이제 하늘에 눈은 내리지 않았다. 남자가 마침내 잠든 순간, 거대한 빛이 공간을 감쌌다. 새하얀 빛이 남자와 상자를 둘러 싸고 몇 번 명멸하자, 이그드라실은 대지의 아이를 줄기로 감 았다.

얼마나 지났을까.

아무것도 없던 대지에는 점차 초록빛 생명과 물줄기가 흐르 기 시작했다.

남자와 상자는 언제 그곳에 있었냐는 듯 완전히 사라졌다.

남자는 꿈을 꾸었다.

작은 별처럼, 아주 예쁜 꿈이었다.

"으악!"

"컥!"

"뀨!"

"빠빠빠빠!"

사람과 패밀리어들이 뒤엉킨 채 바닥에 떨어졌다. 솔은 몇 사람과 동물에게 눌린 채 힘껏 버둥거렸지만, 벗어나기가 쉽지 않았다.

한참을 팔과 다리를 빼내려 뒤척거려보았지만, 제일 위에 있는 존재가 일어날 생각을 하지 않았다.

"제, 제일 위에 누구야?!"

솔이 울 듯이 묻자 비켄이 겨우 대답했다.

"나, 나야……. 나도 일어나고 싶은데, 지팡이가 날 누르고 꼼짝도 안 해."

"뭐?"

타호가 놀라 휘둥그레진 채 몸을 강하게 일으켰다. 그러자 샌드위치처럼 포개진 몸들에서 제일 먼저 탈출할 수 있었다. 중간에서 빠지면 흔들릴 법도 한데, 지팡이 때문인지 타호만 슬쩍 빠질 수가 있었다.

"뭐야. 진짜네?"

타호는 비켄의 몸을 내리누르는 지팡이를 잡아 들어 치우려고 했다. 그때, 강렬한 정전기가 터졌다.

"앗! 따가워!"

얼마나 심했는지 정전기 빛이 보일 지경이었다. 타호는 손을 떼고 입을 헤 벌렸다. 비켄은 포기했는지 축 늘어진 채 말했다.

"뭐. 뭐야. 얘가 타호 밀어낸 거야?"

"아무래도 지팡이가 우릴 놀리는 거 같은데?"

타호는 따끔거리는 손을 본 뒤, 턱을 매만지며 말했다.

"위대한 대마법사와 함께 있었는데, 비켄은 주인 자격이 없다는 걸까? 텃세를 부리는 거지."

유진은 조금 웃으며 말했다.

"그러게, 우리랑 장난치는 것 같기도 하고."

비켄은 깔린 멤버들과 소환수들에게 미안해하며 외쳤다.

"항복! 항복! 지팡이님, 제발!"

아비스는 깔린 와중에도 깔깔거리며 말했다.

"그 형이 피까지 흘리면서 지팡이 봉인 안 해줬으면, 지금쯤 비켄 형 때리고 있었을지도?"

아비스의 말에 다들 실소가 터졌다.

"지팡이님, 제발요. 나와주세요."

비켄의 계속되는 애원에 지팡이는 한번 봐준다는 듯 몸에서 떨어져 나와 공중에서 한 바퀴 돌았다.

다들 겨우 자유의 몸이 되자, 솔은 가볍게 스트레칭했다.

"다 잘 온 거 맞지? 소환수도 확인해봐."

"다 왔어. 타와키, 고생했어."

아비스가 타와키의 턱 아래를 쓰다듬었다. 새는 귀엽게 지저귀면서 날갯짓했다.

"우리 꿈꾼 거 아니지?"

타호가 얼떨떨하며 묻자 솔이 대답했다.

"지팡이만 봐도 알잖아. 꿈 아니야. 비켄, 그 물병도 잘 있지?"

비켄은 고개를 끄덕이면서 주머니 속에서 유리병을 꺼냈다. 처음 봤을 때처럼 병은 반짝거렸다.

"이거 뭐라고 하더라?"

"포션이라고 하지 않았어?"

유리병 안은 텅 비어 있었다. 비켄은 유리병을 살펴보며 말했다.

"이거 어떻게 사용하는 거지?"

"그, 그러게."

"물이라도 부어봐볼까?"

솔은 스마트 워치를 확인했다.

"여기 시간으로 한 세 시간 지나 있네."

"와, 며칠은 있었던 것 같은데 겨우 세 시간이라니!"

타호가 감탄했다. 그러더니 고개를 갸웃거리며 말했다.

"그, 그런데 그러고 보니 우리 마법 수련하려고 주사위 던졌었지?"

"그, 그랬지?"

"강사님 기다리셨겠지?"

스타원 멤버들은 순간, 어깨를 움찔했다.

"자, 잠수해버리다니!"

짧은 침묵이 맴돌았다. 비켄이 말했다.

"솔직하게 말할까? 어쩌다 보니 다른 세계에서 머물다 왔다고."

솔이 무거운 표정을 짓고 말했다.

"그러지 말자."

타호가 동의하듯 끄덕였다. 그러자 유진도 말했다.

"솔직하게 말하려면, 주사위는 애초부터 잘못되었고, 우리가 멋대로 다른 세계에 다녀온 사실까지 말해야 해. 자칫하면 그 세계 자체가 들통나버릴 수도 있어."

솔이 뒤이어 말했다.

"맞아. 비켄의 지팡이나 유리병들도 연구 대상이라며 강제로 가져가서 돌려주지 않을 수도 있어."

"그래. 유리병은 숨기고, 지팡이 정도만 대충 둘러대자. 음……."

유진의 말에 멤버들이 막 아이디어를 내려고 하는 참이었다. 볼퍼팅어의 귀가 바짝 솟았다.

달칵.

갑자기 숙소 방의 문이 열렸다. 다들 마른침을 꼴깍 삼키며 천천히 고개를 돌렸다.

"어? 여기들 계셨네요?"

친숙한 아이, 주디가 낑낑거리며 수통을 들고 왔다. 그러고는 벽난로 가까운 곳에 놓았다. 수프를 끓일 용도의 물인 듯했다.

주디는 해맑게 웃으며 물었다.

"다들 찾으시던데, 어디 가셨었어요?"

솔이 더듬거리며 대답했다.

"그, 그냥 주변 산책 좀 했어. 오솔길이 예쁘더라. 하하."

"아, 그렇구나. 다음번에는 미리 말해주세요. 제가 구경시켜드릴게요! 어, 어라?"

주디는 멤버들을 둘러보다가 고개를 갸웃거리며 비켄을 바라보았다.

"그게 뭔가요? 지팡이?"

비켄은 땀을 뻘뻘 흘렸다.

"어, 이게, 그, 그게……."

차마 우연히 떨어진 이세계에서 위대한 마법사가 선물해준 거라고 대답할 수는 없었다. 비켄은 망설이다 자기도 모르게 말했다.

"오, 오다 주웠어!"

처참한 변명이었다. 순간, 솔은 침을 꼴깍 삼켰다. 아무리 주디가 순진하다지만 저런 말을 믿을 것 같지 않았다.

하지만 솔의 편견은 깨졌다.

"아, 그랬군요!"

주디는 생글생글 웃으면서 고개를 끄덕였다.

"마법 지팡이인가요?"

"그, 그런가? 잡아 들고 휘둘러보니까 마법이 되긴 하더라고! 내 거다 싶어서 냉큼 주워 왔지!"

정말 얼렁뚱땅한 변명이었다. 멤버들은 못 견디겠다는 듯 각기 다른 곳을 바라보았다.

장내가 숙연해질 찰나, 주디는 눈을 깜빡이며 물었다.

"그렇게 쉽게 정해도 되나요?"

주디는 곰곰이 생각에 잠긴 채 말했다.

"원래 자신에게 꼭 맞는 마법 지팡이는 구하기 굉장히 어려워요. 우리 용의 일족에서도 로드와 장로님들만 사용하는걸요."

"그, 그래?"

멤버들이 침을 꼴깍 삼키자, 주디가 말을 이었다.

"그래서 지팡이가 없는 사람들은 멋대로 나뭇가지를 깎아서 만들곤 해요. 일족의 아이들이 어릴 때 잠깐 하는 소꿉놀이 정도지만."

어린애들이 하는 놀이를 해버린 셈이었다. 하지만, 오히려 잘됐다는 듯 솔이 손뼉을 치며 호응했다.

"그렇구나! 잘됐네, 하하. 잘 어울려, 비켄."

"하지만 그래도 운명의 아이들인데, 주운 걸 사용해도 될지 모르겠네요. 제가 로드님께 가서……."

타호가 황급히 말렸다.

"아, 아냐! 우리는 아직 연습 중이니까 이 정도면 만족해. 지팡이, 엄청나게 귀한 거라며. 우린 그냥 이걸 사용할게. 전해주지 않아도 괜찮아."

주디는 잠시 갸우뚱하다가 생긋 웃고 말했다.

"네! 그럴게요."

멤버들이 안도의 한숨을 돌리는 사이, 주디의 발밑으로 쟁이 슬그머니 다가왔다. 주디는 배시시 웃으며 쟁의 머리를 쓰다듬었다.

그 탓에 옷소매가 올라가자 가느다란 손목이 드러났다. 새하얀 손목에 시퍼런 피멍이 들어 있었다. 놀란 솔이 주디에게 성큼성큼 다가갔다.

"괜찮아?! 이거, 아파 보이는데."

제 29 화

그리움

솔이 주디의 팔목을 가리키며 묻자, 주디는 재빨리 소매를 끌어 내리고 어색하게 웃었다.

"아, 괜찮아요. 제가 뭘 잘못하는 바람에 어쩌다 벌을 받았어요. 신경 쓰지 마세요!"

이렇게 어리고 순수한 아이에게 어떻게 이렇게 가혹한 벌을 준다는 말인가. 솔은 눈을 가늘게 떴다. 멍이 보인 건 손목뿐이었지만, 다른 부위에 더 있을 수도 있었다.

용의 일족에게서 도움받은 적이 많지만, 완전히 신뢰할 수 없는 데에는 이런 요소들이 있었다.

'아이를 때리는 사람들을 어떻게 믿지?'

아무리 문화가 다르다고 해도 이건 아니었다. 세상이 어떤 세상인데, 이런 폭력이라니.

'어떤 방법이라도 좋아. 뭔가 조치를 취해야 해.'

아이를 이대로 둘 수 없었다.

비켄이 허둥지둥 가방에서 연고를 꺼내 왔다.

"주디야, 이거 발라보자. 내가 만든 특제 약이야."

"하지만, 이렇게 귀한 걸……."

"괜찮아. 약초로 또 만들면 돼."

비켄은 안심하라는 듯 눈을 깜빡이곤, 연고를 멍에 천천히 스며들도록 펴 발라주었다.

주디는 많이 따가운 듯, 신음을 참으며 팔을 움찔거렸다. 비켄은 안타까운 눈빛으로 바라보다가 아예 연고가 든 통을 주디에게 통째로 건네주었다.

"앞으로 이거 아끼지 말고 발라. 약초를 짓이겨서 마력을 섞기만 하면 금방 또 만들 수 있어!"

"가, 감사합니다."

호의가 익숙지 않다는 듯, 주디는 울망울망한 눈빛으로 비켄을 올려다보곤 고개를 꾸벅였다. 비켄은 귀엽다는 듯 머리를 한번 쓰다듬어주었다.

그 모습을 보던 솔은 멍하니 연고를 바라보았다.

'애초에…… 저런 걸 아이가 쓰게 만들면 안 되는 거 아니

야? 용의 일족······.'

"약초에 마력을 섞으면 연고를 만들 수 있구나. 그럼 우리도 만들 수 있으려나?"

"응, 맞아. 비켄만 만들 수 있지 않을까? 대지의 아이잖아."

솔이 용의 일족에 대한 불신을 키워 갈 때, 유진과 타호는 얘기를 나누고 있었다. 물론, 두 사람의 눈가도 파르르 떨리고 있었다. 시선은 계속해서 주디의 팔에 머물러 있었다.

"어? 대지의 아이? 어디서 들었어요?"

순간, 다들 놀란 듯 입을 꾹 다물었다. 숨을 급히 들이켰는지, 비켄은 두 손으로 입을 막고 딸꾹질을 하고 있었다. 주디는 아무렇지 않다는 듯 밝게 말했다.

"예전에 장로님들이 고대 문서 얘기하면서 말씀하셨어요. 여러분도 그걸 아신다니, 신기하네요."

이번 변명은 타호가 맡았다.

"아, 마법서 해석하다가 봤어."

훌륭했다.

"그렇구나. 역시 다들 아는 게 많으시네요! 오, 물이 끓네요. 이제 다들 뭘 하실 건가요?"

주디가 어느새 물이 팔팔 끓는 수통을 보고 말했다.

"우린 이제 곧 있을 콘서트 준비해야지. 첫 해외 공연이니까, 열심히 해야 해."

솔이 말하자 유진도 고개를 끄덕였다.

"목숨 걸고 잘해야 해."

해외에서의 대규모 콘서트는 처음이었다. 스타원을 더 전 세계적으로 알릴 기회였다. 언어를 이해할 수 없어도, 무대를 보기 위해 모여준다는 사실이 참 신기하고 감사했다.

"네! 저는 약초 수프를 끓이고 있을게요."

주디는 그렇게 말하고 손목을 가린 후 주방으로 들어갔다. 멤버들은 그 모습을 말없이 지켜봤다. 오늘은 차마 괜찮다고 말할 순 없었다. 그러기엔 주디가 너무 정성 들여 끓이고 있기 때문이었다.

숙소에서 가장 큰 방 문을 열고 들어가 콘서트에서 선보일 신곡을 틀었다. 신나는 전주가 흘러나왔고, 멤버들은 피곤한 와중에도 대형을 가다듬기 시작했다.

다음 날, 무슨 일이 있었냐는 듯 드래곤 피크에서의 마법 강의가 계속되었다면 다행이었을 텐데.

타호는 강사와 비켄을 힐끔 바라보았다.

"능력이 없으면 성실하게라도 임하라는 말은 괜히 있는 게 아닙니다."

비켄의 어깨가 움찔했다. 타호는 한숨을 내쉬었다. 무단으로 수업을 빠진 건, 확실히 이쪽 잘못이었다. 하지만 뭐라 하려면 우리 모두에게 하지, 왜 한 사람만 가지고 저러는 걸까.

'비켄 형이 제일 성격 좋긴 하지.'

당장에 자신이나 유진이 저런 취급을 받았으면 강사에게 바로 본때를 보여줬을 것이다. 하지만 비켄은 그러지 않았다.

'뭐 그런 거치고는 쉽게 넘어가긴 하네.'

처음에 저 지팡이를 쓴다고 하니까, 불신 어린 눈으로 바라보았었다. 강사는 뭐라 한마디 하려다가 갑자기 눈빛이 흐릿해졌었다. 비켄의 지팡이가 스스로 꿈틀거렸던 것과 동시에 일어난 일이었다. 아주 찰나의 순간이었지만 타호는 똑똑히 보았다.

"하긴, 지팡이라고 해봤자 대단한 건 아니겠죠. 생긴 것도 얄팍하고. 아무리 약속의 소년들이라고 해봤자……."

그건 결코 긍정적인 말이 아니었고, 무시가 짙게 깔려 있었다. 하지만 강사가 비켄의 지팡이를 부자연스럽게 인식하고 있다는 건 확실했다.

아까부터 이어지고 있는 비켄과의 대화가 그 증거다.

지팡이의 장난에 비켄이 쩔쩔대며 씨름하는 모습을 보던 강사는 불쾌한 듯 외알 안경을 고쳐 쓰며 말했다.

"큼, 큼. 자, 이 약초를 키워 보십시오."

"네, 네!"

비켄은 지팡이를 휘둘렀다. 아니, 휘두르려 했다.

"컥!"

비켄의 손에 가벼이 들려 있던 지팡이는 순식간에 몇 톤이 된 듯 무거워졌다. 비켄은 엉겁결에 따라 내려가 넘어졌다. 강사는 헛웃음을 지으며 말했다.

"그 엉성한 지팡이는 대체 뭡니까? 갖다 버리세요. 아니, 팔힘이 얼마나 약하면 그거 하나 못 휘두릅니까."

"아니, 그게 아니라……!"

"어디서 버려진 걸 주워 온 모양인데, 쓸모도 없는 거 그냥 태워버리세요."

"그, 그런 말은 하지 마세요. 얘 다 알아들어요!"

비켄은 땀을 삐질삐질 흘리며 지팡이의 눈치를 봤다. 아니나 다를까, 지팡이는 자신을 욕하는 걸 아는지 미세하게 진동했다. 비켄은 지팡이에게 속삭였다.

"우리 잘해보자. 네가 협조를 해줘야 내가 마법을 익히지."

강사는 한심한 눈으로 한숨을 내쉬며, 지팡이에게 말을 거는 비켄을 위아래로 훑어보았다.

"나무 막대 하나 붙잡고 되지도 않는 쇼는 그만하시고 마법 연습이나 시작하죠."

비켄은 낙천적인 성격이지만, 어쩔 수 없는 상황에 질책을 받으니 속이 상했다. 그때였다. 강사의 외알 안경이 까매졌다가 붉어졌다 계속해서 색이 바뀌었다.

타호가 손가락을 튕겼다. 그러자 이번엔 초록색으로 변했다.

"뭐, 뭡니까!"

눈이 아픈지, 강사는 안경을 벗으며 눈을 질끈 감았다.

"제가 요새 연구하고 있는 마법이에요. 멋지죠?"

타호가 뿌듯한 듯 말하자, 비켄은 남들 몰래 엄지를 추켜세워 주었다. 피식 웃은 타호는 그제야 다시 손가락을 튕겨 외알 안경을 원래대로 돌려주었다. 타호의 배려를 느낀 비켄은 긴장이 살짝 풀린 듯 보였다.

"쳇. 뭔가 나한테만 유난인 것 같네. 나, 진짜 마법에 소질

없는 걸까?"

강사가 잠시 유진의 마법을 봐주는 사이, 비켄은 시무룩한 목소리로 타호에게 푸념했다.

타호는 미간을 찌푸렸다. 그런 거 아니라고 위로를 해야 하는데, 영 말을 꺼내기가 어려웠다. 이런 방면으로는 리더가 제격이었다. 타호는 한 바퀴 바닥을 굴렀다가 일어나 화살을 쏘는 연습을 하던 솔을 불렀다.

"솔 형, 이리 와봐!"

솔은 흙이 묻은 바지를 털며 고개를 끄덕였다.

"갑자기 솔 형은 왜?"

비켄이 눈을 동그랗게 뜨고 묻자, 타호는 빙긋 웃으며 말했다.

"적임자잖아."

솔은 볼퍼팅어와 함께 달려와서 물었다.

"빨리 비켄 좀 달래줘. 저 강사가 자꾸 뭐라 그랬어."

"아니야. 내가 정말 못 하는 것일 수도 있어."

"그럴 리가. 비켄 너, 잘하고 있어. 연고도 잘 만들고……."

솔은 말하다가 작게 속삭였다.

"그 화려한 유리병 안에 포션도 조금 생겼잖아."

타호도 고개를 숙이며 속삭이며 말했다.

"맞아. 우린 안 되던데, 너만 할 수 있었잖아."

어젯밤 콘서트 연습을 하는 동안 비켄은 주머니에 유리병을 넣은 채로 노래를 부르고 춤도 추었다. 그러자 갑자기 유리병에서 무지갯빛이 나더니, 정체 모를 액체가 조금씩 찰랑이며 차올라갔다. 놀란 멤버들은 제각기 손에 유리병을 잡은 채 노래를 했지만, 비켄이 했을 때처럼 액체가 차오르진 않았다.

그 현상이 신기했던 비켄이 실험 차 유리병을 두 손으로 잡고 열정을 불사르며 노래를 부르자, 액체는 조금 더 빠른 속도로 차올랐다. 여러 노래를 불러봤는데, 긍정적인 분위기의 노래에만 반응하고, 어두운 노래에는 미동도 하지 않았다.

노래를 부르는 자신의 모습을 회상하던 비켄은 부끄럽다는 듯 얼굴을 가렸다. 그러자 조롱박 곰이 바짓단을 물었다.

빠!

"앗, 하지 마."

비켄의 만류에도 곰은 장난스레 울며 천 자락을 물었다. 비켄은 하는 수 없이 바닥에 있는 소환수를 안아 들었다. 조롱박 곰은 비켄의 품에 안겨 마냥 좋은지 꼬물거렸다.

그때 타호가 아이디어를 냈다.

"콘서트 때 이 병을 액세서리처럼 달고 들어가면 어때? 비켄의 목에 걸고 말이야. 가득 찰 것 같은데."

"오, 좋은 생각이다. 마침 병도 예쁘고."

솔도 고개를 끄덕이며 타호의 의견에 동조했다.

"오, 좋은 생각이네. 다 좋은데…… 양이 좀 많을 수는 없는 거니?"

솔은 순간, 나오는 웃음을 필사적으로 참았다. 비켄은 유리병을 힘없이 흔들며 말했다.

"이게 뭐야. 병아리 눈물만큼 모였잖아."

바닥에서 겨우 찰랑거리는 액체를 보며 울상을 지었다.

"그래도 효과는 좋더라."

솔이 불화살 수련을 하다 화살에 손을 조금 긁혔을 때, 혹시나 해서 액체를 살짝 발라보았다. 그러자 화한 느낌이 들더니 상처가 씻은 듯이 나았다.

"노래를 열 곡이나 부르느라 목이 쉬었는데, 한 열 방울 정도밖에 안 모인다니. 좀 팍팍 채워질 순 없는 걸까? 아니, 이 지팡이도 그렇고 그 형은 대체 나에게 뭘 준 거야!"

솔은 웃지 않으려고 노력했다. 하지만 비켄의 하소연을 듣고 있던 타호는 고개를 숙이고 키득거렸다.

"픕, 점점 익숙해질수록 나아지겠지. 친해지려고 노력해봐."

"알겠어. 하긴, 역량 차이가 너무 나기도 하고……. 그나저나, 잘 있을까, 그 형?"

비켄은 숨을 길게 내쉬며 가슴을 내리눌렀다.

"그 형을 생각하면 여기가 먹먹해. 조금은 따뜻해졌으면 좋겠는데 말이야. 참 이상해. 묘하게 나랑 동질감이 든단 말이지."

비켄의 말에, 솔은 조심스레 진실의 틈을 벌려보았다.

"나도, 그 사람과 네가 조금 닮아 보이던데?"

그때 타호가 끼어들었다.

"맞아, 조금 닮아 보이긴 했어. 그런데 나랑 닮은 사람 만나면 좋아? 난 왠지 별로일 것 같은데. 싸울 것 같기도 하고 말야."

솔은 조용히 비켄을 바라보았다. 비켄의 선한 얼굴 위로 다른 세계 비켄의 옅은 미소가 겹쳐 보였다. 그래서 솔은 고개를 저었다.

"나는 괜찮아."

"뭐, 사람에 따라 다르긴 하겠다."

타호는 고개를 끄덕였다.

"나도 기분 나쁘진 않았어. 어쨌든, 이곳 사람들에겐 절대 말하지 말자. 흥."

비켄은 아직 분이 안 풀린다는 듯 외알 안경 강사 쪽을 바라보다 콧방귀를 뀌었다.

"아, 아까 선글라스 효과 멋졌어. 고마워."

비켄이 타호에게 말했다.

"에이, 별것도 아닌데 뭘. 엇, 그런데 이걸 우리 콘서트 무대 효과로 활용할 수는 없을까? 평소에 환상 마법을 쓸 때 어떻게 활용해야 하나 막막했는데, 뭔가 길을 찾은 느낌이야."

"오, 그거 좋다. 팬분들께 다양한 볼거리를 드릴 수 있을 것 같아."

솔이 얼굴에 화색을 띠며 말했다.

"좋다! 아비스가 타와키를 타고 날아오고, 타호는 그 주위로 거대한 은하수를 뿌려 주는 거야."

비켄도 신이 나는지 이어 말했다. 갑작스러운 화제 전환이었지만, 다들 본업 이야기를 할 때가 가장 즐겁다는 듯 만면에 미소를 짓고 재잘거렸다.

내일은 드래곤 피크에서 잠시 나가, 해외 투어를 알리는 프로모션 영상 등을 찍어야 했다.

"오랜만의 스케줄이네. 기대된다."

솔이 말하자 다들 고개를 끄덕였다.

"응. 현실로는 일주일인데, 우리 여기서 거의 삼 주 있었잖아."

"게다가 이삼일은 생뚱맞은 곳에 가기도 했고 말이야. 그래도 틈틈이 보컬 연습을 위해 노래하는 건 잊지 않았지만 말이야."

솔은 괜히 소리를 내봤다. 깔끔한 울림이 나왔다. 그러자 타호도 고개를 끄덕이며 말했다.

"본업은 항상 노력해야 하니까. 우리가 '마법 아이돌'이어서 지금은 '미법'을 익히고 있긴 하지만, 사실 우리에게는 '아이돌'이 먼저잖아?"

"그렇지."

마법만 화려하게 쓰고 노래와 춤을 못 해서 아이온을 실망시키고 싶지는 않았다.

솔은 주먹을 꽉 쥐었다.

"열심히 하자!"

"맞아!"

타호와 솔이 하이파이브하자, 비켄도 주먹을 쥐고 외쳤다.

"아자아자!"

빠아!

조롱박 곰도 무슨 말을 하는지 안다는 듯 짐짓 우렁차게 울었다. 비켄은 그 모습이 귀여워 조롱박 곰에게 제 볼을 비볐다가 손을 내밀어 지팡이를 집었다. 단단하고 까슬한 나무의 결이 느껴졌다. 왜인지 모르겠지만, 자꾸 자신에게 장난을 거는 지팡이. 그때, 비켄은 문득 깨달았다는 듯 지팡이를 바라보았다.

"지팡이야, 너 혹시 그 형이 그리워서 그러니?"

순간 지팡이에서 작은 진동이 느껴졌다.

"그래, 그랬겠네."

마법이 미숙한 자신 때문에 괜히 짓궂은 장난을 치는 줄로만 알았지만, 당연하게도 갑자기 제 주인과 떨어진 탓이 더욱 클 것이었다.

"이상하지. 나도 그 형이 보고 싶어. 그런데 다시 볼 수는 없겠지."

왠지 그렇게 느껴졌다. 영영 다시는 볼 수 없을 사람이라고.

"그 형, 조금은 따뜻해졌을까?"

지팡이가 또다시 살짝 진동했다. 낯선 이에게 자신의 소중한

지팡이를 선뜻 내어준 아름다운 사람. 비켄은 이 지팡이를 잘
사용하고 싶었다.

"도와줘. 형보다는 못할 테지만, 그래도 열심히 해볼게."

비켄은 연습하듯 지팡이를 휘둘렀다. 환한 빛이 둥글게 뻗
어 나갔다. 초록빛은 화분에 있던 약초에 닿았다가 사라졌다.

그리고 아무 일도 없었다. 비켄이 조금 실망하며 고개를 갸
웃거렸을 때였다. 약초들이 갑자기 머금었던 빛을 더 눈부시
게 토해냈다.

"어?"

손가락 마디만 했던 작은 약초가 팔뚝만 하게 쑥 자라났다.
순식간에 떡잎이 자라나 떨어지고, 다홍색 꽃까지 피었다.

비켄은 씩 웃었다. 화려한 시작이었다.

제 30 화

또 다른 세계

"아이온, 잘 계셨나요! 안녕하세요. 당신의 별, 스타원입니다!"

삐야! 삐야!

빠! 빠!

아비스의 소환수 타와키와 조롱박 곰이 함께 외쳤다. 솔이 셀프 카메라 캠을 든 채 화면에 말하고 있었고, 타와키가 멋대로 캠 위에 앉았다.

덕분에 화면이 살짝 흔들렸고, 솔은 캠을 고쳐 잡으며 말했다.

"저희는 지금 예쁜 식물 카페에 와 있어요. 음, 이국적인 식물들도 많고 정말 근사하네요."

오랜만의 방송 스케줄인 터라, 예쁜 곳으로 장소도 섭외되었다. 덕분에 다들 기분이 살짝 들떠 있었다.

"정말 보고 싶었어요, 아이온. 그럼 다들 저희가 어떻게 지냈는지 근황 토크 좀 해볼까요? 자, 유진 형부터."

솔이 말하며 캠을 유진에게 들려주었다. 유진은 타와키가 앉은 캠도 무겁지 않다는 듯 거뜬히 건네받았다.

"콘서트 준비도 열심히 하고 있고, 다음 앨범 작업도 진행 중입니다. 기대하세요!"

타호가 옆에서 말을 보탰다.

"조금 늦어지는 만큼, 더 완벽하게 준비 중이니 기대해주세요!"

그때, 타호의 라타토스크도 유진의 팔을 타고 카메라 위에 올라갔다. 그러더니 아예 렌즈 앞에 얼굴을 빼꼼 내밀며 화면을 가득 채워버렸다.

"앗, 이리 와!"

타호가 다급히 떼어내려 했지만, 귀여운 다람쥐는 코를 킁킁거릴 뿐 타호의 말을 듣지 않았다. 솔은 걱정스레 스태프들을 쳐다봤지만, 오히려 좋다는 듯 손으로 동그라미를 그려 보였다.

라타토스크는 한참을 카메라를 보다가 훌쩍 뛰어올랐다.

풍성한 꼬리가 카메라 렌즈를 쓸었다.

솔이 웃으면서 말했다.

"지금 화면에 보이는 이 아이는 타호의 패밀리어예요. 마법으로 소환한 소환수 중에서도 특별한 교류를 할 수 있는 아이들을 패밀리어라고 한대요."

타호가 다시 한번 이리 오라고 손짓했지만, 라타토스크는 여전히 말을 듣지 않았다. 또 다른 카메라가 타호의 행동까지 남김없이 잡았다.

비켄은 질 수 없다는 듯, 조롱박 곰을 안아 들고 카메라를 향해 보여주었다.

"이 아이는 제 패밀리어예요! 조롱박처럼 생긴 곰인데, 귀엽죠?"

빠-.

조롱박 곰은 귀엽게 울면서, 또다시 비켄의 머리카락을 한 움큼 물어 우물거렸다. 비켄이 금세 울상으로 변하자, 스태프들은 입을 가리고 쿡쿡거리며 웃었다.

그때였다. 천장이 살짝 흔들리는 듯한 이상한 기시감이 느껴졌다.

패밀리어들은 장난을 멈추고, 하늘을 바라보며 귀를 쫑긋

세웠다.

무슨 일이 일어나는지 알아채기도 전, 솔은 본능에 의지해 소리쳤다.

"다들 고개 숙여요!"

유리로 된 천장 위로 검은 우박이 떨어졌다. 솔은 자신이 본 걸 믿을 수 없었다.

퍽! 퍼벅!

유리는 점점 버티지 못하고 가느다란 실금이 가기 시작했다. 이대로라면 금방 무너지리라는 건 기정사실이었다.

천장이 무너지면 유리 파편이 비산할 것이었다. 유리가 부서지더라도 떨어져 내리지 않도록 천장 쪽을 방패처럼 감쌀 수 있는 게 필요했다. 하지만 솔의 능력인 불꽃으로는 무엇도 할 수 없었다.

쏟아지는 비명과 우왕좌왕하는 소리 속에서 꽃향기가 느껴졌다. 옆에 비켄이 다가와 서 있었다. 그때였다.

"비켄, 여기를……!"

말을 잇지 않아도 비켄도 이미 알고 있었다. 비켄은 곧바로 지팡이를 휘둘러 마법을 쓰려 했지만, 곧 어금니를 꽉 깨물었다.

'이런, 지팡이를 차에 놔두고 왔는데!'

하는 수 없이 손으로라도 빛을 쏘려 할 때였다. 비켄의 손보다 약 5cm 정도 높은 허공에 지팡이가 둥둥 떠 있었다.

언제 여기에 나타난 것인지 놀라는 것도 잠시, 비켄은 바로 지팡이를 휘둘러 온실 속을 가득 채운 나무들을 키웠다. 나무들은 순식간에 두세 배로 커져 무성한 가지와 이파리를 뻗어 내었다.

무성한 이파리들이 유리 조각을 조금 막아주었지만, 모두 막아내기에는 역부족이었다. 비켄은 입술을 깨물었다.

입술이 찢어져 피가 조금 배어나는 것도 모른 채, 비켄은 숨을 몰아쉬며 다시 지팡이를 크게 뻗었다. 어떻게든 나무를 더 자라게 해야 했다.

하지만, 나뭇가지들은 더 뻗어 나가는 듯하더니 이내 더는 자라지 않았다.

"큽!"

힘을 너무 소진했는지, 지팡이를 잡은 팔의 어깨에 통증마저 느껴졌다. 식은땀이 등을 타고 내려왔다.

크고 작은 유리 조각들이 사람들의 볼에 생채기를 내며 떨어져내리기 시작했다. 다들 큰 나무 아래에 서서 겨우 몸을 피

했지만, 많은 인파를 보호하기엔 부족했다.

비켄은 그 모습을 바라보다 다시 나무 지팡이를 잡고 집중했다. 그러곤 애원하듯 중얼거렸다.

"제발, 지킬 수 있는 힘을 빌려줘⋯⋯."

그러자, 지팡이가 작게 부르르 몸을 떨었다. 희미한 빛이 지팡이에서 스며 나와 주변을 잠시 밝혔다. 비켄은 다시금 몸을 가다듬고, 지팡이를 잡은 채 집중했다.

두 손으로 꽉 잡은 지팡이로 크게 원을 그린 뒤 천장을 향해 녹색 빛을 쏘았다. 그러자 서로 다른 나무의 나뭇가지들이 빽빽하게 얽히기 시작했다. 갈색 가지와 초록 잎이 지붕처럼 천장을 덮었다.

이윽고 무슨 일이 있었냐는 듯, 사방이 조용해졌다. 유리 조각도 더는 보이지 않았다.

비켄은 숨을 몰아쉬며 주저앉았다. 긴장이 풀리자 어깨의 통증이 다시 느껴졌다.

멤버들이 곧바로 비켄에게로 모여들어, 주저앉은 비켄을 일으켜 세우며 부축해주었다.

유진의 볼에는 유리에 긁힌 듯한 상처가 나 있었다.

"처음에 봤어? 검은 우박 같은 게 내리던데. 아니, 돌인가?"

유진의 말에 다들 끄덕거리는 사이, 솔은 두툼하게 서 있는 나무 기둥들 사이로 휙 지나가는 작은 물체를 보았다.

솔은 비켄을 유진에게 맡기고, 그쪽으로 살금살금 걸어갔다. 점차 가까워지자, 상대는 눈치챘는지 순식간에 멀어져 보이지 않았다.

"뭐야? 형, 범인이라도 본 거야?"

타호의 물음에 솔은 고개를 갸우뚱하며 대답했다.

"글쎄, 그런 것 같기도 한데, 무척 작았어. 패밀리어를 잘못 본 건가? 사람이라면 어린아이 정도? 그러니까, 음…… 주디만 했어."

"주디 정도라면 진짜 작겠네. 패밀리어를 잘못 본 거 아닐까?"

"그럴 수도 있겠네. 휴……."

솔은 나무로 빽빽한 천장을 올려다보며 말했다.

"우리, 또 습격 시작인 걸까?"

한동안 뜸했었다. 이런 사태에 대비하려고 용의 일족을 찾아가 수련까지 하는 와중이었다. 비켄의 마법 덕분에 어찌저찌 잘 막아내긴 했지만, 이런 일은 일어나지 않는 게 최선이었다.

솔의 말에 타호는 진지한 표정으로 고개를 저었다.

"그때 그 괴한들은 아닌 것 같아. 그들은 아수라장을 만든 다음에 우릴 꼭 납치하려 했어. 그런데 이번에는 마치 경고만 하듯이 빠르게 사라졌어. 성격이 달라."

"뭔가 우리 능력을 테스트하는 것 같아."

유진이 날카로운 눈매로 말했다.

"우리가 갑작스러운 재난에 얼마나 대처할 수 있는지 확인해 보려는 것 같았어."

솔은 유진의 말을 뒤로한 채 인영이 사라진 곳을 바라보았다. 아직 범인인지 아닌지 확실치는 않았다. 하지만 왜일까. 괴한이 습격했을 때보다 더 큰, 알 수 없는 불안감이 덜컥 내려앉았다.

타호가 그런 솔의 마음을 안다는 듯 어깨를 잡았다.

"솔 형. 다들 무사히 대피한 거 같으니까, 우리도 나가자."

"아, 그래. 아, 맞다."

솔은 천장을 보며 말했다.

"이 온실 촬영장으로 빌린 거라고 했지?"

"그, 그렇지. 수리하려면 또 일이겠네."

아비스의 말에 다들 고개를 숙이고 침묵했다.

"에휴……. 그나저나, 비켄 형 마법 진짜 많이 늘었네. 장관

이야."

아비스가 나무 덩굴로 **빽빽**한 천장을 올려다보며 감탄했다. 그러자 비켄이 지친 와중에도 뿌듯한 기색으로 말했다.

"그렇지? 아, 맞다. 아까 지팡이를 차에 두고 왔었는데, 어느 순간 내 옆에 나타났어. 덕분에 마법을 더 잘 쓸 수 있었던 것 같아."

비켄의 말에 타호도 감탄하듯 말했다.

"마법 아이템이라서 그런가. 의지가 있는 것 같네."

"뭐든 감격스럽다. 드디어 내 말 들어주나 싶던 참에 이렇게 나타나다니! 너 정말 대단하구나! 큽. 필요할 때 와줘서 고마워."

지팡이는 알았다는 듯 살짝 진동했다. 비켄은 지쳤지만, 지팡이를 품에 안고 이마를 댔다.

싱숭생숭한 일이 일어났음에도 스타원은 여느 때보다도 빠르게 일상으로 돌아갔다. 예정되었던 방송 스케줄을 빠르게 마친 뒤, 다시 드래곤 피크로 돌아와 마법을 수련하는 중이었다. 이젠 갑작스러운 상황도 익숙해서일까. 각자 자기가 맡은 역할에 충실히 돌아갔다.

하지만 왠지 이전보다 더 간절한 눈빛들을 띠고 있었다.

다들 알았다. 서로를, 그리고 아이온을 위해서 더욱더 강해지는 수밖에 없다는 사실을.

콜로세움 한복판. 솔은 불화살 쏘는 것을 계속 연습하느라 뻐근해진 손가락을 주물렀다. 이제 움직이는 타깃을 맞추는 것도 어느 정도 익숙해진 느낌이었다. 하지만 힘과 속도는 만족할 만큼 달성하진 못했다.

솔은 땀을 훔치고 다시 화살을 시위에 메기려 했지만, 굳어버린 손가락은 담이 걸린 듯 더는 움직이지 않았다. 솔은 한숨을 내쉬고 주위를 둘러보았다. 자신만 이러고 있는 게 아니었다.

깔끔한 동작으로 검을 휘둘러 짚으로 만든 허수아비를 베는 유진이 보였다.

서걱!

허리만 남은 허수아비가 수십 개였다. 하지만 그건 환상처럼 순식간에 재생되었다. 유진은 다시 자세를 잡고 발도하려다가 손바닥을 내려다보았다. 손을 감싼 붕대에서 핏물이 배어 나왔다. 이미 헐거워진 지 오래였다.

유진은 다시 붕대를 감다가 아예 다 풀어버렸다. 유진의 손도 솔의 손가락과 비슷한 신세였다.

다들 불안했다. 그 불안을 연습으로 소모하고 있었다. 다들 힘들어할 정도로 무리했다.

타호는 자신의 마법이 답답한지 가장 무리하는 듯 보였다. 밤을 새워 마법서를 해석했고, 낮에는 환상 마법을 익혔다. 전투에 직접적인 도움을 줄 수 있는 마법을 익히고 싶다며 골몰히 연구했다.

솔은 무리한 손가락을 쓸었다. 알싸한 아픔이 느껴졌다. 그 마음은 충분히 이해했다. 솔도 무너지는 유리 천장 앞에는 한없이 무력했다.

지팡이를 잘 다루게 된 비켄은 전과는 비교도 할 수 없이 강해진 느낌이었다. 예전에는 연고를 하루에 겨우 한 통 만들어냈다면, 지금은 대여섯 개를 동시에 만들었다.

유진은 비켄이 건네준 연고를 바르고 붕대를 다시 감았다. 하지만 손에 힘이 없는 듯 붕대가 자꾸만 헛돌았다. 솔은 유진에게 다가가 붕대를 직접 감아주었다.

"다들 열심히 하네. 다치면 안 될 텐데."

"그러게. 그래도 비켄의 연고가 효과 좋아서 다행이야. 타호도 저러다 쓰러지는 거 아닌지 걱정되네."

솔은 유진의 말에 고개를 끄덕이며 타호가 있는 쪽을 바라보았다. 타호의 주위로 불길이 치솟았다가, 얼음이 되어 떨어졌다. 언제 봐도 참 실감 나는 환상이었다.

"에휴, 그래도 방해하면 싫어할 거야. 시간도 꽤 늦었는데, 이만 숙소로 가자."

솔은 타호에게서 시선을 돌리며 스마트 워치를 보고 말했다. 어느새 밤이 깊은 시간이었다.

솔은 손가락을 튕겨서 불줄기를 쏘아 올렸다. 불길은 하늘에서 글자를 그렸다가 사라졌다.

-돌아가자!

곧 지팡이를 든 비켄이 뛰어왔다.

"형들, 나 오늘도 지팡이와 좀 더 친해진 기분이야."

"오, 좋은 소식이네. 그보다 어깨는 이제 안 아파?"

비켄은 어깨를 으쓱했다. 마법을 폭발적으로 써서일까. 사건 이후로 비켄의 어깨에는 또 가시가 돋았다. 그날 비켄은 온종일 침대에 누워서 끙끙거렸다.

"이제 좀 괜찮아. 그런데 기분 탓인가? 통증이 갈수록 심해지는 거 같아. 독감 걸렸을 때랑 비슷했어. 이번엔 정말 아팠어."

그때, 아비스도 타와키를 타고 저 멀리서 날아와, 등을 가볍게 디딘 뒤에 뛰어내렸다.

탁-.

보통 사람이라면 말려야 하는 높이였다. 하지만 아비스는 매우 가볍게 착지했다. 비켄은 그런 아비스를 보며 순수하게 감탄했다.

"와, 멋지다!"

아비스와 비켄이 있으니까 경직된 분위기가 좀 풀리는 느낌이었다. 타와키는 거대해졌던 몸집을 바로 줄였다. 그러더니 바로 아비스의 머리 위에 앉았다.

솔과 타와키가 눈이 마주쳤다. 타와키는 자신을 만지라는 듯, 머리를 들이밀었다. 솔은 피식 웃으면서 머리를 쓰다듬어 줬다.

뀨!

솔이 타와키를 만지자, 밑에 있는 볼퍼팅어가 발목을 뿔로 쓸었다. 이 욕심쟁이는 어쩔 수 없었다. 솔은 볼퍼팅어를 안아 들었다.

"솔 형을 엄청나게 좋아하네."

"애가 유독 안기는 걸 즐겨. 그런데 아비스, 오늘은 뭐 했어?"

"속도에 집중해봤어. 타와키를 타고 얼마나 빠르게 날아갈 수 있을까 궁금했거든."

그래서일까. 아비스의 머리는 엉망이었다.

"한참 가다가, 솔 형 불꽃 보니까 애가 알아서 방향을 틀더라."

솔은 타와키의 턱을 쓰다듬으며 말했다.

"위에서 보면 드래곤 피크는 어때?"

"끝없이 펼쳐진 초원과 숲이야. 멀리 날아가도 그냥 숲밖에 보이는 게 없어. 그런데 이런 말 하면 그렇지만……."

아비스는 활짝 웃으며 말했다.

"도시도 좋긴 하지만, 여기가 타와키에겐 더 좋은 거 같아. 공기가 맑으니까, 시야가 트여 있어."

솔은 고개를 끄덕였다.

"블랙 워터가 생기기 전엔 석유를 연료로 썼다고 하던데. 그때 도심의 대기 오염이 극심해졌다고 하더라고."

"그렇지. 근데 블랙 워터도 부작용이 있잖아. 우리도 전에 블랙 워터 웨이브 때문에 엄청 힘들었고."

유진이 공감한다는 듯 고개를 끄덕였다.

"자, 그럼 타호도 불러서 가자."

솔이 타호를 찾아 두리번거릴 때, 지친 기색으로 터덜터덜 걸어오는 타호의 모습이 보였다.

척 봐도 무척 피곤해 보였다. 솔은 그런 타호의 어깨를 한번 토닥여 준 뒤 말했다.

"돌아가서 쉬자. 주디가 또 물 끓이면서 기다리고 있을 거야."

"약초 수프 먹기 싫다."

솔은 깜짝 놀랐다.

"타호 너도? 나도."

멤버들은 솔과 타호의 대화를 듣더니, 잠시 눈을 맞추며 멈칫하다가 동시에 웃음을 터뜨렸다. 아무래도 다들 비슷하게 생각하고 있는 모양이었다.

덕분에 분위기가 조금 풀리자, 솔이 옷매무새를 다듬으며 말했다.

"주사위 던질게."

"응!"

멤버들이 모두 모인 것을 확인하고, 솔은 천천히 주사위를 위로 던졌다.

주사위가 부드럽게 손에 잡혔다. 몸이 빛에 감싸였다.

다들 눈을 감은 채, 조금은 지독한 약초 수프 냄새가 나고 푹신한 침구가 있는 곳. 아직 낯설지만 어느새 아늑해져 버린 익숙한 숙소……가 나타나길 기대했다.

빛이 점점 사그라지고, 눈을 아직 뜨기 전에 생경한 향기가 먼저 코를 간질였다.

마치 오래된 고서에서 나는 듯한 쾨쾨한 종이 냄새가 강하게 느껴졌다. 다들 이상한 기운을 느꼈는지, 서둘러 눈을 뜨고 주위를 돌아보았다.

눈앞에 펼쳐진 공간은 너무나 크고 거대했다. 무수히 많은 책이 꽂혀 있었다. 고개를 들어 책장의 끝을 보려 했지만 마치 거대한 미로 벽 안에 갇힌 것처럼 끝도 없이 높이 꽂혀 있었다.

"어……."

유독 피곤해했던 타호는 어지러운지 비틀거렸다. 솔은 타호를 부축해주며 말했다.

"음, 저번처럼 다른 세계로 떨어진 것 같아."

"그러게. 여긴 뭐랄까…… 도서관?"

유진의 말에 다들 고개를 끄덕였다. 하지만 도서관이라기엔 거대한 서고가 마치 빌딩처럼 앞과 옆을 가로막고 있었다. 출구가 어디인지도 알 수 없었다.

솔은 이마를 짚으며 주머니 속 주사위를 매만졌다.

'너, 도대체 우릴 어디로 데려다 놓은 거야.'

따스한 온기가 느껴졌지만, 주사위는 말이 없었다.

제 31 화
사라지는 책

사방이 책장으로 둘러싸여 마치 미로 속에서 헤매는 기분이었다.

솔이 주사위를 원망하듯 바라보는 사이, 타호는 고개를 들어 천장을 바라보았다. 목이 뻐근할 정도로 고개를 추켜올려 보아도 어디가 끝인지 헤아릴 수가 없었다.

켜켜이 꽂힌 수많은 책들은 색도 크기도 각각 달랐다. 아주 얇고 작은, 손바닥만 한 것이 있는가 하면 타호의 몸집만 한 거대한 책도 있었다.

책등에 적힌 제목들은 한국어나 영어처럼 쉽게 읽을 수 있는 언어가 아니었다. 마법 문양 같기도 하고, 아예 다른 세계에서 사용할 법한 생소한 문자들로 가득했다.

멤버들은 책장 사이로 난 통로를 찬찬히 걸으며 색색의 책

표지들을 구경했다.

분명 종이인 듯한데 홀로그램 별빛처럼 반짝이는 표지도 있었고, 나무 넝쿨이 책을 감쌌다가 사라지기를 반복하는 신비한 표지도 있었다.

용이 입을 벌리며 날아오르는 듯한 표지의 책을 본 솔은 무심코 손을 뻗어서 책을 뽑아보려 했다.

툭-.

조금 전까지만 해도 뭐든지 잡아먹을 듯이 입을 찢던 용이 책장 너머로 자취를 감추었다.

타호도 그 장면을 보았는지 의아하다는 눈빛으로 솔을 바라보았다.

툭.

툭.

투둑.

계속해서 반복되는 소리에, 타호와 솔은 동시에 고개를 이리저리 돌리며 두리번거렸다.

리듬은 일정하지 않지만 간헐적으로 계속되었다.

그러던 중, 눈앞에서 믿을 수 없는 일이 펼쳐졌다.

타호의 앞에 있는 책이 저절로 책장에서 튀어나와 공중에

멈춰 섰다. 타호는 재빨리 손을 들어 책을 잡으려 했지만, 손은 허공만을 맴돌 뿐이었다.

툭.

어느새 책은 스르르 움직여 저절로 바닥에 떨어졌다. 그러더니 점점 희미해지며 몇 초 내에 자취를 감추었다.

타호는 방금 책이 뽑혀 나온 곳의 너머를 빼꼼 바라보았지만, 역시 아무도 없었다. 깊은 심연 같은 어둠이 있을 뿐이었다.

하지만 빈자리도 잠시. 기다렸다는 듯 다른 책이 그 자리를 메꾸었다.

그제야 알았다. 이 도서관에서는 수없이 많은 책들이 떨어져 사라졌다 새로 생성되기를 반복하고 있었다.

그때, 나직하고 부드러운 목소리가 울려 퍼졌다.

"이 책들은, 모든 별의 역사야."

멤버들은 동시에 고개를 돌려 소리의 근원지를 찾았다.

한 남자가 그들의 뒤에 서 있었다.

눈에 띄는 건, 코끝까지 푹 눌러 쓴 잿빛 후드였다. 몇 번을 기워 입었는지 누더기 같아 보였다.

하지만 더 눈에 띄는 건 후드 아래로 드러난 맑게 빛나는 입

매와 턱선이었다. 그가 얼굴을 살짝 들자 잘생긴 눈매도 드러났는데, 기운 없어 보이는 자세와 남루한 행색과는 달리 낯빛에는 총기가 가득했다.

남자는 먼지 쌓인 책장을 손가락으로 쓸면서 스타원에게 천천히 걸어왔다.

"이곳의 책들은⋯⋯ 자신들을 써줄 존재가 사라지면 저절로 소멸해."

한쪽 입꼬리를 올린 채 말하던 남자는 뜸을 들이더니 말을 이었다.

"즉, 책들이 사라진다는 건, 하나의 세계가 사라졌다는 거야. 별이 멸망하면, 책도 없어지는 거지."

"하나의 책은 곧 하나의 세계라는 건가요?"

타호가 흥미롭다는 듯 미간을 좁히며 물었다.

"맞아. 이해력이 좋구나, 너. 뭐, 대충은 알고 있었어. 반짝거리는 게 느껴져서 알 수 있거든."

솔과 유진, 아비스, 비켄은 눈을 깜빡이며 가만히 있었다.

툭- 툭-.

한동안 책이 떨어지는 소리만 들렸다. 남자는 한숨을 내쉬면서 후드를 벗고, 머리칼을 헝클였다. 곱슬곱슬한 갈색 앞머리는 눈을 가릴 정도로 길게 자라나 있었다. 그리고 무슨 이유에서인지 눈을 감고 있었다.

"반갑다. 내가 너희들을 불렀어."

남자는 손을 내밀며 악수를 청했다. 솔이 황급히 손을 맞잡고 흔들었다.

"아, 안녕하세요. 반갑습니다."

그러고는 남자의 얼굴을 제대로 바라보았다. 그리고 알 수 있었다.

'타호구나.'

머리칼로 절반 넘게 얼굴을 가렸음에도 진지하면서도 장난기 넘치는 인상을 보면 바로 알 수 있었다.

여기는 타호의 세계였다.

솔의 눈빛이 작게 흔들리는 사이, 남자는 말을 이었다.

"부탁할 게 있어서 누구든 와달라고 간절히 불렀는데, 너희가 왔구나. 우리가 여기에서 만나게 된 것에도 이유가 있겠지. 마법은 뭐든 이루게 해주니까. 물론…… 대가는 있지만."

왠지 뼈가 있는 말이었다. 솔이 더 자세히 물어볼까 하고 입술을 달싹이는 사이, 타호가 빠르게 치고 들어왔다.

"당신은 어떤 대가를 줬나요?"

남자는 그런 타호를 가만히 바라보다 작게 입을 움직여 말했다.

하지만 입술만 움직이고, 목소리가 들리지 않았다. 남자는 자신의 목소리가 들리지 않는다는 걸 깨닫고 팔짱을 꼈다.

"음, 뭔가가 막고 있는 건가. 생각보다 대단한 아이들인가 보군."

남자는 잠시 생각에 잠기는 듯하더니 이번엔 솔 쪽을 향해 몸을 비틀었다.

"네가 매개체를 가지고 있구나."

남자는 뚜벅뚜벅 걸어 와 솔의 팔목을 잡아 들었다.

"여기서 너희 별의 기운이 강하게 느껴져. 보여주면 안 될까?"

남자가 잡은 팔은 솔이 주사위를 들고 있는 손이었다. 솔은 모른 체하며 주먹을 꼭 쥐곤 우선 스마트 워치를 빼서 건네주었다. 하지만 남자는 다 안다는 듯 고개를 저었다.

솔은 주먹을 꽉 쥔 채 펴지 않았다. 남자에게 주사위를 빼앗긴다면 영영 드래곤 피크로 돌아가지 못할 수도 있었다. 함부로 넘겨주면 안 됐다.

남자는 그런 솔을 흘깃 쳐다보다가 피식 웃곤 말했다.

"엄청나게 경계하네. 뭐, 주지 않아도 돼. 보지 않아도 느껴지니까. 대마법사의 안배가."

솔은 주사위를 쥔 손을 가만히 내려다보았다.

마법을 쓸 수도 없던 시절부터 솔에게 다가와 늘 따스한 온기를 주던 정체불명의 주사위.

최근 일어나는 일의 중심에는 항상 이 주사위가 있었다.

"그건 마법의 정수야. 너희를 위해 모든 것을 바친, 누군가의 대가 그 자체라고 할 수 있지."

그저 힘든 시기에 마음 둘 곳이 없어 특별하게 여겼을 뿐인데, 그렇게 대단한 의미가 깃든 것이라고는 상상도 하지 못했었다.

남자는 눈을 감은 채 크게 숨을 한번 들이마셨다.

"너희가 제대로 된 방향을 향해 가도록 수없이 운명을 비틀었어. 결국, 여기까지 오게 했구나. ……하지만 어쩌지. 그것도 힘이 다해 가."

도통 알 수 없는 말을 이어갔다.

"너희, 지금까지는 아무런 대가를 치르지 않고 다른 세계로 갔지?"

스타원은 말없이 고개를 끄덕였다. 그렇지 않아도 우연히 낮

선 곳에 떨어지게 된 것과, 용의 일족의 감시를 무사히 넘길 수 있던 것들이 의아한 참이었다.

"원래 그렇게 쉽게 갈 수 없어. 아마 다음부터는 이런 식으론 안 될 거야."

용케 용의 일족에게 들키지 않는 채로 넘어 다니곤 했는데, 앞으론 이런 요행을 허락하지 않는다는 건가. 그래도 이번 도서관까지는 대가 없이 왔으니, 여기까지는 무탈하게 넘어갈 수 있기를 바랄 때였다.

남자가 갑자기 말을 멈추고 허리를 굽히며 크게 기침했다.

굉장히 야위어 있는 몸이 몇 번 들썩거리더니, 이내 남자는 기운이 빠진 듯 책장에 몸을 겨우 기대어 지탱했다.

그뿐만이면 모를까.

아마 다들 눈치챘을 것이다. 남자는 아까부터 한 번도 눈을 뜨지 않았다. 다리도 불편한지 걸을 때마다 절뚝거렸다.

솔이 조심스럽게 물었다.

"어디 편찮으신가요? 물이라도 좀……."

하지만 남자는 손사래를 치며 그런 솔을 말렸다. 몸의 힘이 다 빠졌다는 듯 책장에 등을 기대어 바닥에 풀썩 앉았다.

"괜찮아. 소원을 이루려면 어쩔 수 없었어."

남자는 말하고 조금 웃었다. 야위었지만 수려한 외모에 걸쳐진 미소는 제법 근사했다. 처음 맞닥뜨린 곳이고, 처음 만난 사람인데도 이상하게 의지가 됐다.

"사람들은 말하지. 이곳에 오면 신이 될 수 있다고 말이야."

"그럼 당신은 신이 되고 싶은 것인가요? 아까 각각의 책은 하나의 세계라고 하셨잖아요. 그럼 여긴…… 우주인가요?"

타호가 조심스레 질문했다.

"우주라. 그 말도 맞긴 하지만, 여긴 이그드라실 도서관이야. 세상 모든 별의 역사가 쓰이고 사라지는 곳. 탄생과 멸망의 온실."

남자는 이 광활한 공간의 정체에 대해 말한 뒤, 아스라이 먼 어딘가를 보듯 먼눈이 되어 타호의 어깨 너머를 바라보았다.

그러고는 한쪽 다리도, 시력도 모두 포기한 채 이곳에 오게 된 그때를 회상했다.

아니, 정확히는 아직 그곳에 머무르고 있는, 자신의 몸을 떠올렸다.

설원에서의 그것과 같은, 거대한 나무 한 그루.

새하얗고 포근하지만 매섭게 추웠던 공간과는 달리, 이곳은 하나의 둥근 섬 주위로 파도가 몰아치는 바다 한가운데였다.

누구도 와 닿지 못할 광활한 바다 위 자그마한 섬에는 섬 전체를 아우르는 크기의 나무가 굳건히 자리하고 있었다.

나무 기둥의 가운데, 얼기설기 낡은 천으로 눈을 가린 채 한 남자가 매달려 묶여 있었다.

금방이라도 떨어질 듯 위태하게 매달린 남자는 소리 없이 입 모양으로만 중얼거리고 있었다.

그의 곁에는 어떤 생명체도 없었다. 파도가 거칠게 치고 있지만 어째서인지 어떤 소리도 들리지 않았다.

"우리 별을 살려낼, 단 하나의 마법서……, 그걸 찾게 해주세요."

남자의 애처로운 속삭임만이 메아리로 울릴 뿐이었다.

"이그드라실이여. 무한의 서고, 경이로운 도서관. 그곳에 이르게 해주소서."

얼마나 지났을까. 남자는 잠시도 쉬지 않고 입을 달싹여 기도하듯 읊조렸다.

"제 몸을 바치겠습니다. 아, 책을 펼칠 수 있도록 이 두 손만 남겨주시면 됩니다. 제 다리, 제 눈…… 모두 드리겠습니다. 다시 살려낼 수만 있다면, 마법의 진리와 순리를 해독할 수만 있다면."

나무는 남자의 그 말에 공명하듯 잠시 가지를 흔들었다. 바람이 부나 했지만 바다의 짭조름한 향기는 느껴지지 않았다.

나무 넝쿨에 묶인 채 간신히 매달려 있던 남자는 그 말을 끝으로 서서히 넝쿨에 집어삼켜졌다.

그가 말한 대로 양팔과 한쪽 다리, 숨을 내쉴 수 있는 얼굴만 겨우 밖에 남겨진 채로.

남자는 고통스러운 기억이었는지 가슴께를 부여잡으며 인상을 찡그렸다. 스타원 멤버들은 갑자기 생각에 잠기더니 이내 숨을 몰아쉬는 남자를 걱정스레 바라보았으나, 남자는 그 시선을 느낀 듯 곧 손사래를 치고 숨을 고른 뒤에 이어 말했다.

"이 위대한 곳에 오기 위해서는 거래가 필요했어. 내가 가진 것의 일부를 내어준 뒤에야 허락해줬지."

남자는 말을 고르는 듯 잠시 뜸들이다가 작게 중얼거리듯 말했다.

"지금 내가 다리를 저는 것도, 눈을 못 보는 것도 이 위대한 곳에 오기 위한 일종의 안배라고 할 수 있지."

여러모로 당황스러웠다. 타호가 채근하듯 다시 물었다.

"그럼, 정말 단지 신이 되는 게 목표여서인가요?"

남자는 그런 타호에게 되레 물었다.

"글쎄, 네 생각은 어떠니?"

타호는 당황하며 말을 더듬었다.

"제, 제가 먼저 여쭤봤어요!"

남자는 타호의 반응에 피식 웃으며 말했다.

"찬찬히 생각해 봐. 현자의 질문에서는 깨달음을 얻는 법이니까."

"음, 당신은 현자인가요?"

솔이 도중에 끼어들어 물었다.

"그래. 현자의 일 중에는 별의 진리를 깨우치는 것도 있지만, 초심자를 올바른 길로 이끄는 것도 있어. 또 다른 질문은 없니?"

남자의 말에 아비스가 뭔가를 물어보려 했지만, 가만히 고민하던 타호가 아비스의 어깨를 툭툭 치더니 손가락으로 엑

스 자를 그려 보였다.

"잠깐만요. 질문에 따르는 대가가 있나요?"

타호의 말에 현자는 처음으로 눈을 떴다. 초점이 안 맞는 흐릿한 회색빛 동공이었지만, 눈을 뜰 수 있다는 사실 자체가 신기했다.

현자는 타호의 얼굴을 지그시 바라보다가 곧 크게 웃었다.

"이야, 너 영리하구나. 좋아. 날 즐겁게 했으니 어느 정도는 알려 줘도 되겠지."

남자는 살짝 손을 내밀었다. 그러자 끝없이 책만 있던 건조한 공간에 순식간에 별빛이 가득해졌다. 심지어는 바람도 불어 왔다.

"나는 세상의 법칙을 탐구하는 자다. 우리 세계에선 현자라고 부르곤 하지."

제 32 화

현자

"이, 이건 환상 마법의 일종인가요? 하지만 제가 만드는 환상에서는 감촉을 느낄 순 없는데……."

타호가 눈을 동그랗게 뜨고 물었다.

"그래. 환상계열 마법을 주로 쓰고 있어. 바람이란 눈으로 보이는 게 아닌, 촉감으로 느껴지는 거야. 오감, 나아가 육감마다 적용할 수 있는 환상에도 여러 가지가 있단다. 지금은 너희의 시각과 촉각을 나의 환상으로 덮어씌운 거지."

생각지 못한 방법이었다. 타호는 벌써 엄청난 깨달음을 얻은 듯, 어떻게 따라 배울지 골똘히 생각했다.

책들 위로 찬란한 별빛들이 떨어졌다. 스타원은 황홀한 광경에, 정신없이 하늘만 바라보았다.

타호가 사용하는 마법도 정말 멋졌지만 이건 차원이 달랐다. 한 수, 아니, 몇 수 위인지 가늠조차 되지 않았다.

"이렇게 정교한 환상은 처음이에요."

반응이 크지 않던 유진도 감탄하며 말했다.

"뭐, 아주 기본적인 건데. 흠. 우선, 너희가 한 질문에 답변한다고 하더라도 대가는 받지 않을 거야. 선량한 아이들을 만난 것에 대한 나의 호의라고 해두지."

"그럼, 저희에게 깨달음을 주기 위해 이곳으로 부른 건가요? 당신은 신이 되기를 좇는 학자고요?"

솔은 더는 모호한 걸 참을 수 없다는 듯, 우선 그의 목적을 물었다.

남자는 손가락을 튕겼다. 그러자 별빛과 바람은 순식간에 사라지고 다시 도서관으로 풍경이 바뀌었다.

"성격도 급하네."

못 말린다는 듯 한 번 웃어 보인 남자가 천천히 목을 가다듬었다.

스타원은 남자를 바라보았다. 설원의 남자는 자신의 이야기를 들어달라고 했었다. 며칠이 걸릴지 모르는 아득한 이야기를.

이 사람은 뭘 바라는 걸까. 단순히 깨달음을 주려는 현자의 자아실현일까.

"쉽게 말하면 기브 앤 테이크지. 너희가 책을 하나 찾아주면, 나는 그동안 너희에게 지혜와 깨달음을 줄게. 신, 뭐 그런 건 내 알 바 아니고, 내가 원하는 건 책 단 한 권이야."

스타원은 단번에 아연실색했다.

"네? 여기서 책을 어떻게 찾아요? 완전 사막에서 바늘 찾기구만."

얌전히 있던 비켄이 툴툴거리며 물었다. 남자는 웃으며 고개를 끄덕였다.

"어렵긴 하겠지. 하지만 이곳에 있는 수많은 책 중에 내가 왔던 세계에 관한 책이 숨어 있어. 그런데 나는 그걸 찾을 수 없거든."

"네? 왜요?"

"잘 봐."

남자가 팔을 내밀어 책을 뽑으려고 했다. 하지만 그 순간, 책들이 순식간에 움직이며 옆으로 비켜 갔다. 남자가 손을 뻗은 곳은 이미 빈 공간이 되어 있었다.

"찾더라도 뽑을 수가 없어. 내가 하려는 걸 방해하지."

남자는 다시 자세를 고쳤다.

"나는 이곳에서 내 손으로 어떤 책도 뽑을 수가 없어. 내 진짜 육신은 지금 다른 곳에 머물러 있고, 의식만으로라도 이 도서관에 와서 책을 펼쳐 보기 위해 시력과 한쪽 다리를 걸고 양팔만을 겨우 얻었는데 말이야. 참 지독한 장난이지……? 그래서 계속해서 마음속으로 빌었어. 나 대신 책을 뽑아줄 수 있는 사람들을 불러달라고 말이야."

남자의 목소리는 꽤 지쳐 보였다.

"눈이 안 보이시는데 어떻게 책을 읽나요? 찾아도 볼 수 없잖아요."

타호가 물었다.

"어차피 이곳의 책은 단순히 읽는 것만으로는 해독할 수 없어. 마력을 가진 내 심안을 통해서 읽어야 하지."

앞이 잘 보이지 않아도 이곳의 마법서를 해독하는 데에는 문제가 없는 듯했다.

"도와줄 수 있겠니? 아, 그럼 도와주기 전에 잘 부탁한다는 용도로 선물을 하나 줄게."

남자는 후드 위로 걸친 로브 안쪽을 뒤지더니, 팔뚝만 한 나무 원통을 꺼냈다. 남자가 원통을 허공에 던지자 공중에서 빙그르르 돌다가 갑자기 원통의 뚜껑이 해체되더니 유리 렌즈가

불쑥 튀어 나왔다.

그러더니 언제 공중에서 재조립되었냐는 듯, 남자의 손에 다시 안착했다. 마치 고대의 투박한 망원경처럼 생긴 물체였다.

남자는 타호에게 망원경을 넘겨주었다. 타호는 바로 렌즈에 눈을 갖다 대었지만, 렌즈 너머로 보이는 건 아무것도 없었다.

타호는 어리둥절한 채로 렌즈에서 눈을 떼고 이리저리 살펴보았다.

"안 보일 거야. 주인이 아니면 자신을 허락하지 않아."

"아, 그렇구나. 마법 물품은 다 이런 식인가 봐요."

타호는 비켄이 들고 있는 지팡이를 힐끔 바라보았다. 비켄은 나만 그런 게 아니었다는 듯, 으쓱하며 웃어 보였다.

"친해지면 많이 도움 될 거야. 가끔은 누구도 모르는 진실을 보여주기도 하거든. 쉽진 않겠지만, 올빼미의 의지를 잇는 지혜의 아이라면 충분히 가능할 거야."

지혜, 그리고 올빼미라. 용의 일족에게서 한번 들어본 적이 있는 듯한 말이었다. 남자가 마냥 없는 말을 하는 것 같진 않았다. 잘은 모르겠지만, 비켄의 지팡이처럼 앞으로 자신에게 큰 힘이 되어줄 존재라는 건 느껴졌다.

남자는 희미하게 웃으며 말했다.

"어때, 할래?"

타호가 망원경을 품에 안은 채 침을 꼴깍 삼키며 멤버들을 둘러보았다. 다들 타호의 선택에 맡긴다는 듯, 그저 눈을 맞추고만 있었다.

타호는 천천히 고개를 끄덕였다.

"네. 저희가 도와드려 볼게요."

남자는 고맙다는 듯 타호의 어깨를 두드려주었다. 앙상하게 뼈만 남은 손목이 보여, 왠지 마음이 쓸쓸해져 왔다.

"착한 아이구나. 많은 사람에게 사랑받을 만해. 곁에 좋은 사람들이 많이 있을 거야. 하지만 그만큼 악한 이들도 꼬이기 마련이지. 늘 조심하거라."

또래로 보이는 외모의 남자이지만, 무게감 있는 진중한 말투와 조언에 타호는 고개를 깊이 끄덕였다.

"네, 정말 조심할게요. 제가 이 망원경으로 꼭! 책임지고 나쁜 사람들을 찾아내겠습니다."

남자는 마음에 든다는 듯 살며시 웃으며 눈을 감았다.

그러더니 몸을 한 바퀴 돌려 스타원의 중심에 선 채로 멤버들을 한 명, 한 명씩 가리키며 말했다.

"자, 그러면 각자 역할을 정해 줄게. 먼저, 지팡이 친구!"

비켄은 자기 말하는 거냐며 병병한 표정을 지었다. 아비스는 그런 비켄을 보고 쿡쿡거리며 웃었다.

"지팡이를 이용해서 조금 높은 곳에 있는 책을 뽑아줘. 그리고 너, 새를 가진 아이야. 너는 그 새와 함께 더 높은 곳의 책을 뽑으렴."

아비스를 향해 말한 남자는 다음으로 유진을 가리켰다.

"너는 힘이 강하지? 너는 두 사람이 뽑은 책을 내게 가져오렴. 그리고 너는 내가 확인한 책을 분류해서 따로 놓아주고."

유진과 솔이 고개를 끄덕였다.

마지막으로 남자는 자신을 부축하는 타호의 어깨를 짚으며 말했다.

"너는 내 옆에 있어."

"네?"

타호는 조금 놀랐다. 다들 일하고 있는데, 그냥 옆에 있으라고?

"넌 내 옆에서 궁금한 게 생길 때마다 질문해. 뭐든 대답해 줄 테니까. 이건 귀한 기회야. 현자에게서 답을 얻는 건 쉬운 게 아니야."

"아, 네."

타호는 고개를 끄덕였다. 환상 마법을 정교하고 자유롭게 쓰는 대현자. 확실히 자신과 비슷한 부분이 있었다. 왠지 얻어 갈 게 많을 것이라는 확신이 들었다.

타호는 바로 주머니에 있던 수첩을 꺼냈다. 이곳에는 마법서에서 얻은, 아직 풀지 못한 단서들이 잔뜩 있었다.

"드디어 이걸 알게 되는 건가!"

타호가 들뜬 기색으로 수첩을 펼쳐 보았다. 남자는 그걸 힐끔 보더니 단호하게 고개를 저었다.

"아, 그건 알려줄 수 없어."

"왜요!"

남자는 고개를 저었다.

"그건 네가 스스로 해결해야 할 사명 같아 보이는구나."

타호는 진심으로 말했다.

"하지만 이건 꼭 풀어내야 할 수수께끼예요. 알려주시면 안 돼요?"

타호는 남자의 팔에 매달려 거의 울 듯이 말했다.

남자는 잠시 생각에 잠겼다가 활짝 웃었다.

"글쎄. 그건 지혜의 아이인 네가 직접 알아내야지?"

남자의 거절이 이어지자 타호는 금세 풀죽은 기색이 되어 어깨가 축 처졌다. 수첩을 다시 주머니에 넣어두었다. 그런 타호의 마음을 아는지 모르는지, 남자는 옷매무새를 다듬으며 말했다.

"자, 자. 일 해볼까?"

스타원은 부리나케 움직였다. 비켄은 지팡이를 이용해 머리보다 한 뼘 더 위에 있는 곳의 책들을 뽑아 골라놓았고, 아비스는 거대화된 타와키를 타고 날아다니며 책장의 높은 곳까지 올라가 책들을 수북이 뽑아 왔다.

유진은 그 책들을 켜켜이 쌓아 들고 한데 모았다. 남자와 타호는 작은 나무 의자에 앉아 쌓아놓은 책을 하나하나 확인했다.

"여기부터 여기까지 쭉 아니야."

솔은 그 말을 듣고 바로 책들을 다른 곳으로 쭉 밀어놓았다. 한쪽에 치워 놓은 책만 해도 솔의 키를 넘어설 지경이었다. 곧 유진은 아비스와 비켄이 빼 놓은 책을 다시 들고 왔다. 이마에

땀이 송골송골 맺힌 채였다.

"음, 이것들도 다 아닌데……."

유진은 이마의 땀을 훔치며 한숨을 푹 내쉬곤 다시 뒤돌아갔다. 족히 반나절은 반복한 듯했다.

"이거 끝은 나나요?"

타호가 가시방석에 앉은 듯 엉거주춤한 자세로 묻자 남자가 말했다.

"그럼. 어딘가에는 분명 있을 거야. 조금만 더 힘내줘. 그리고 너희 정말 건강하구나. 나는 엄두도 못 낼 체력이네. 한 번도 쉬지 않는 걸 보면."

"아, 평소에 춤 연습만 하루에 세 시간도 넘게 하곤 하니까요. 사실 조금은 익숙해요."

"아하, 무대에서 사랑을 받는 직업이구나. 역시 반짝임이 남다르더라니."

"반짝인다는 건, 눈에 보이는 건가요? 현자님은 눈도 계속 감고 계셔서……."

타호는 뒷말을 더 물어보고 싶었지만 질문을 속으로 삼켰다. 아픈 부분일 수도 있어서 선뜻 묻기가 조심스러웠다.

"눈을 감고 있어도 사람의 본질은 볼 수 있지."

타호는 순간 주먹을 꽉 쥐고 질문했다.

"그럼 제 본질은 뭐죠? 올빼미니 지혜의 아이니, 추상적인 것투성인데……."

"아까 말한 그대로야. 더욱 본질적인 운명을 보는 이들은 엘프족이지. 나로선 그 정도가 최선이야."

"에, 엘프족이요? 동화 속에서만 보던 엘프가 실제로 있나요?"

"그래. 그쪽은 감히 지혜의 올빼미가 기웃거릴 수 있는 영역이 아니야. 언젠가 그들을 만난다면, 지금처럼 질문하렴. 세계의 본질에 대해 말이야. 이게 네게 주는 첫 번째 깨달음이겠구나."

타호는 알 수 없다는 듯한 표정을 짓고 가만히 남자의 말을 복기했다. 솔은 그들의 대화를 옆에서 덤덤히 들으며 남자가 확인한 책을 일렬로 쌓아놓았다. 남자는 그러자마자 또 책더미를 보며 고개를 저었다.

"그 책도 다 아니야."

타호는 고개를 절레절레 저으며 말했다.

"이럴 거면 그냥 현자님이 책장을 보면서 찾는 게 빠르지 않겠어요?"

"나도 노력해봤지. 그런데 다리가 성치 않은 탓에 시간이 하염없이 걸리더라. 그 와중에도 책은 하나씩 사라져가고 말이야."

남자는 한숨을 길게 내쉬고 말했다.

"아마 그 책을 찾지 못하도록 운명이 방해하는 거겠지."

"그 책은 왜 찾는 건가요?"

"글쎄, 왜 찾는 걸까?"

남자는 빙긋 웃으며 타호에게 질문을 돌려주었다. 타호는 잠시 미간을 찌푸리다가 말했다.

"이 책에 별들의 운명이 적혀 있다면서요? 현자님은 자신의 별의 책을 찾는 거고요."

"그렇지."

"찾아서 뭘 하려고요?"

설원의 남자는 잃어버린 생명들과 친구들을 살리기 위해 하염없이 때를 기다리고 또 기다렸다. 이 남자는 무엇을 위해 광활한 도서관을 헤매는 것일까.

남자는 한동안 대답하지 않았다. 타호는 그를 물끄러미 바라보았다.

툭-.

툭.

이 순간에도 책장에서는 책이 계속해서 떨어지고 있었다.

공간을 울리는 소리가 유난히 크게 들려왔다.

남자는 눈을 감은 채 쓰게 웃었다.

"나는 우리 별의 운명을 바꾸려고 해."

제 33 화

질문

툭.

또 다른 책이 사라졌다. 타호는 남자를 바라보았다.

"나는 세상의 법칙을 탐구하는 자니까, 세계선의 어떤 부분을 비틀면 운명의 틈이 벌어지는지 가장 잘 알아."

남자는 말하며 솔이 분류해둔 책을 보고 고개를 저었다. 솔은 다시 책을 한 곳으로 밀어 놓았다.

"나의 별이 멸망하기 전에 책을 찾아내서, 그 세계선을 비틀어야 해."

또, 멸망인가. 타호는 익숙한 단어에 고개를 저으며 물었다.

"왜 멸망하는데요?"

"검은 물. 사람들이 그것을 가지려 크나큰 욕심을 부리며, 지배를 향한 다툼이 이어졌고 결국 세상은 전쟁에 휩싸였어."

"검은 물이요? 혹시 블랙 워터……?"

타호가 고개를 갸웃거리며 묻자, 현자는 천천히 고개를 끄덕였다.

"너희 세상에도 비슷한 게 있나 보구나. 항상 경계해야 해. 대가 없이 마법을 쓰게 해주는 달콤한 존재는 언제든 더 큰 독으로 돌아올 수 있으니까."

남자는 숨을 가쁘게 몰아쉬었다.

"무엇으로도 막을 수 없던 전쟁은, 검은 물을 서로 가지기 위해 더욱 박차가 가해졌지. 검은 물은 사실 생활을 편리하게 해주는 하나의 자원일 뿐이었어. 자연이 준 선물로서 소중히 썼어야 하는데, 사람들은 그것으로 일확천금을 노리며 재벌이 될 궁리를 하거나, 급기야 마법 능력도 획기적으로 올려줄 거라 굳게 믿었지. 혈안이 되어서 더 많이, 더 많이 갖기만을 원했어."

남자의 목소리에는 착잡함이 담겨 있었다.

"그때는 몰랐어. 검은 물을 정해진 정도 이상으로 써서 고갈되면 인간들의 감정도 점점 메말라가게 된다는 사실을. 결국, 인류의 대부분이 아무런 감정도 느끼지 못할 정도까지 이르렀으니 말이야. 검은 물을 서로 가지려다 각자의 고통에는 점점

무감각해져갔고, 세상이 파멸할 무렵에야 인간들은 스스로를 망치고 있었다는 사실을 깨닫게 되었지."

타호는 가만히 남자의 낮은 목소리를 듣고 있었다.

"내 친구, 내 가족이 없어졌다는 것. 현실을 깨달은 이들은 그제야 검은 물에 대한 욕망을 멈추었지만, 멸망으로 가는 수레바퀴는 멈출 수 없었어. 그러자 사람들은 반반으로 나뉘었어. 그냥 이대로 멸망을 받아들이자는 사람들 반, 그래도 길을 찾아야 한다는 사람들 반."

남자는 거기까지만 말하고 입을 다물었다. 타호에게 생각할 시간을 준다는 의미인 듯했다.

유진이 갖고 온 책과 솔이 분류해 둔 책들이 쌓이는 사이, 타호는 가만히 눈을 감고 생각했다.

"현자님은, 책의 엔딩을 바꾸려고 하는 거군요."

남자는 짐짓 놀란 듯, 흐린 눈을 살짝 떠서 타호를 바라보았다.

"똘똘하네. 그래, 그렇게 점점 세상의 진리에 가까워지면 되는 거야."

타호는 머쓱한 듯 뒷머리를 한 번 긁적였다.

"감사합니다. 그런데 끝을 바꾸는 거, 엄청난 대가가 필요할 것 같아요.”

남자는 이곳에 들어오기 위해 다리도, 온전한 시력도 포기했다. 한 세계의 운명을 비틀려면 얼마나 큰 희생이 필요한 걸까.

남자는 이미 더 내어줄 것도 없이 가냘파 보였다. 보기만 해도 안쓰러웠다.

“뭐든 내어줘야지. 전쟁으로 인해 잃은 목숨만 몇 갠데……. 별을 살릴 수 있다면 나 하나쯤이야.”

남자의 말에 타호는 순간 언성을 높였다.

“아니, 그게 무슨 말이에요! 현자님의 목숨도 소중한 생명인데, 그걸 그렇게 내팽개치다니요. 그 사람들은 자신의 이익만을 위해 전쟁을 자초한 거고, 현자님은 모두를 살리기 위한 거잖아요.”

남자는 턱을 짚고 잠시 고민했다.

“그렇게 생각할 수도 있겠네. 그래도 나는 멸망을 막을 거야.”

“왜요? 그렇게까지 해서 얻는 게 뭔데요.”

“희망. 다들 자신의 과오를 깨닫고, 평화롭고 행복했던 때로 돌아갈 수 있지 않을까 하는 바람이지.”

답이 없는 대답에, 답답하기만 했다. 타호는 할 말을 찾지 못했다. 여전히 남자의 희생을 이해하지 못한 채였다. 한동안 침묵이 이어졌다. 남자는 말을 멈추고 솔이 쌓아둔 책을 확인했다.

그렇게 얼마나 지났을까.

타호는 마음속에 꾹 눌러놓았던 속마음을 남자에게 털어놓아버리고 싶었다.

그간 누구에게도 말하지 않고 쌓아두었던 생각이었다.

타호는 입을 달싹이며 잠시 고민했지만, 결국 말해버리고 말았다.

"저희는, 운명의 아이래요."

"그렇구나. 너희도……."

남자는 놀랍지 않다는 듯 고개를 끄덕였다. 타호는 그 반응에 힘을 얻고 속사포처럼 말을 이었다.

"세상의 멸망을 막을 존재라고들 하는데, 잘 이해되지 않아요. 저희는 그저 한순간 마법을 얻은 평범한 아이돌일 뿐이거든요."

타호는 가슴이 답답한 듯 몇 번 치고는 말을 이었다.

"그 뒤로는 예상치 못한 상황들에 자꾸 휩쓸렸어요. 알 수 없는 괴한들이 습격해 오고, 누군가는 마법을 더 수련하고 익혀야 한다고 채근하고……."

타호는 천천히 스타원의 상황과 그 속의 자기 역할에 대한 고민을 말했다.

"조금이라도 진실에 가 닿기 위해 필사적으로 마법을 익히곤 있지만, 아직도 모르는 것투성이예요. 저는 뭔가 알아낼까 싶어서 마법서를 해석하려 붙잡고 있지만, 답이 나오지 않아요."

타호는 잠시 마른세수를 한 뒤, 속마음을 속삭였다.

"사실…… 다른 멤버들은 모르겠지만, 저는 운명의 아이 같은 무거운 이름은 던져버리고 싶어요. 우리가 어떻게 세상의 멸망을 막아요? 제게 가장 소중한 건 멤버들과 가족, 팬밖에 없어요."

남자는 타호의 말에 고개를 끄덕이며 듣다가 말을 꺼냈다.

"지키고 싶은 게 네 주위 사람밖에 없다고 했지? ……그런데 참 재미있는 건, 그러다 보면 다 소중한 사람이어서 말이야."

남자는 기도하듯 손을 모았다.

"사랑하는 내 제자들. 그리고 제자들의 소중한 사람들. 그 소중한 사람들의 소중한 이들. 그러다 보니 결국 세상의 모든 사람이 되더라."

남자는 웃으면서 타호의 머리를 쓰다듬었다.

"사명이 무거워서 받아들이기 힘들 거야. 하지만 그런데도 피하지 않고 현재 상황에서의 최선을 다하고 있잖아."

타호는 머쓱하고도 쑥스러운 마음에 조금 웃어버렸다.

"절 본 지도 얼마 안 됐으면서……."

남자는 그런 타호를 웃으며 보다가 순식간에 표정을 진지하게 바꾼 채 말했다.

"더 무거워질 거야. 하지만 피하거나 포기하면 안 돼. 아무리 절망적인 때여도 길은 있기 마련이야."

타호는 그 무게감에, 남자를 똑바로 쳐다보다가 이내 고개를 돌려 숙였다. 아직은 확신할 수 없었다.

남자는 그런 타호를 바라보다가 씩 웃으면서 말했다.

"네 친구들 다 멈췄다. 우리 얘기만 듣고 있는데?"

멤버들은 어느덧 책 옮기는 걸 멈춘 채, 멀뚱히 서서 걱정이 가득한 눈으로 타호를 보고 있었다. 타호는 순간, 웃음을 참을 수 없었다.

"풉……!"

속마음을 다 들어버린 것일까. 타호는 얼굴을 가리고 웃었다. 부끄러웠지만, 왠지 껍질을 깨고 좀 더 세상과 가까워진 기분이었다.

멤버들은 웃는 타호를 따라 싱긋 미소를 지어주었다. 다들 티를 내지는 않지만, 타호의 솔직한 말에 조금 놀랐을 터였다.

솔은 타호와 남자를 물끄러미 바라보았다. 사실 솔 또한 아직도 적응이 안 됐다. 저 남자처럼 어지러운 상황 속에서 눈을 가린 채 필사적으로 벽을 더듬으며 걸어가는 기분이었다.

때로는 넘어지기도 하고, 그래도 다시 일어나서 꾸역꾸역 기어 걸어갔다.

솔은 자신의 손을 내려다보았다. 하도 화살을 쏴댄 통에 손가락에 죄다 굳은살이 박여 있었다.

남자는 그런 그들을 눈치챈 듯, 손뼉을 한 번 치고 멤버들을 불러 모았다.

"자, 다들 모여봐."

스타원은 남자의 곁으로 다가갔다. 현자로 불리는 남자는 여전히 눈을 감은 채였다.

그는 유진이 가져와 내려놓은 책을 한 권 집어 들며 말했다.

"너희가 어떤 상황에 처해 있는지 자세히는 알 수 없지만, 운명은 바꿀 수 있어. 아직 정해지지 않은 무언가를 찾아내서 비틀면 돼. 물론, 미래는 정해져 있다고들 하지. 그걸 제일 잘 보는 이들이 엘프고. 하지만 엘프들은, 그저 제일 가능성이 큰 미래를 하나 훔쳐볼 수 있을 뿐이야."

남자는 솔 쪽으로 몸을 돌린 뒤, 말을 이었다.

"제일 작았던 가능성을 가장 크게 바꾸려면 무엇이 필요할까?"

솔은 진지하게 생각에 잠겼다. 왜인지 설원에서의 남자가 떠올랐다.

"희생이요?"

"희생은 부차적인 것에 지나지 않아. 그전에 꼭 가져야 할 것이 있어."

남자는 턱을 괴고 웃으며 말했다.

"사랑."

솔은 눈을 깜빡였다.

"대상에 대한 끝없는 사랑이 필요해. 사랑이란 감정은 그 자체만으로 거대한 에너지를 발산하거든. 연인에 대한 사랑, 가족에 대한 사랑, 동물에 대한 사랑. 어떤 것으로든 가능하지."

남자는 그 단어를 말하는 것만으로도 힘이 난다는 듯, 가슴 쪽에 손을 가져다대고 말했다.

"나는 사실 사랑이 마법보다 강하다고 생각해. 마법은 수식을 쌓고 대가를 줘야 하는 힘이지만, 사랑은 그게 아니거든."

남자는 환하게 웃었다.

"너희가 운명의 아이라면, 분명히 사랑받고 있겠지. 아니, 운명의 아이가 아니었더라도 너희는 충분히 사랑스러워."

스타원은 서로를 바라보다 슬쩍 웃었다 긴장되었던 분위기가 조금은 풀리는 느낌이었다.

"너희가 받고 있는 그 사랑, 크든 작든 늘 잊지 말고 고이 간직하렴. 힘들고 벽에 부딪히는 것 같을 때마다 아껴서 꺼내 보고, 원동력으로 삼아. 그게 최고의 방법이야."

그 말을 들은 솔은 주머니 속 주사위를 꼭 잡았다. 언제나처럼 온기가 느껴졌다.

이것도 사랑의 한 종류일까. 솔은 잠시 생각하다, 터무니없는 생각을 했다는 듯 작게 피식 웃었다.

"그럼요. 늘 팬분들에게 얻는 사랑은 잊지 않고 있답니다!"

아비스가 화색을 띠며 손을 들고 말했다. 잘 웃지 않는 유진도 그런 아비스의 모습에 피식 웃어 보였다.

남자도 포근히 웃다가, 갑자기 거칠게 숨을 몰아쉬며 기침을 내뱉었다.

"쿨럭, 쿨럭!"

기침은 쉽게 멈추지 않았다. 타호는 챙겨온 물통을 건넸다. 하지만 남자는 손사래를 쳤다.

기침은 한참 뒤에나 멈췄다. 남자는 숨을 가쁘게 몰아쉬었다. 타호가 걱정스러운 기색으로 물었다.

"괜찮으세요? 너무 마르기도 하셨고, 치료를 받아야 하는 거 아닌지……."

"괜찮아, 괜찮아."

남자는 스스로 다짐하듯이 손사래를 치고 말하며 대답을 빠르게 회피해버렸다.

"자, 다시 작업 시작하자. 내가 너무 말이 많았네."

비켄은 허둥지둥 다시 지팡이와 함께 돌아가 책을 뽑아 왔다. 남자는 피식 웃으며 작게 속삭였다.

"참 착한 아이들이야."

타호는 동의한다는 듯 고개를 끄덕였다. 남자는 유진이 가져다 놓은 책들을 살펴보고 고개를 저었다. 솔은 능숙하게 복도 한쪽으로 책들을 옮겨두었다.

"저 책들은 다시 안 꽂아놔도 되는 건가요?"

"응. 봤겠지만, 알아서 사라지기 마련이야."

"하긴. 한 세계란 언젠간 멸망할 테니까요. 엄청난 수의 책들이 사라지고 또 채워지네요."

"그렇지. 신기하지 않니? 이 수많은 책 중에서 우리가 존재하는 책은 딱 한 권이라는 게."

타호는 가만히 고개를 끄덕였다. 그때, 갑자기 아비스가 외쳤다.

"다들 이리 와봐!"

타호는 튕기듯 일어나서 달려가려다가 잠시 멈췄다. 남자는 힘들게 책장을 잡고 일어서려 하고 있었다.

타호는 바로 남자를 부축했다. 현자는 타호의 어깨를 잡으며 말했다.

"미안. 신세를 지네."

"뭘요."

몇 개의 책장을 지나자, 아비스가 있는 곳에 도착했다. 아비스는 까치발을 든 채 손을 뻗고 있었다.

검정색 표지의 두꺼운 책을 잡으려 계속해서 손을 뻗고 있었다. 그런 아비스에게 솔이 말했다.

"손이 닿지 않아? 내가 할까? 아, 아니. 타와키가 하는 게 빠르겠다."

"아니, 이미 시도해 봤지. 잘 봐봐. 타와키!"

아비스의 부름에 타와키가 금세 날아올랐다. 아비스가 뽑으려 하는 책에 다가가자 이상한 일이 벌어졌다. 그 근처의 책이 순식간에 뒤섞이고, 뽑으려 했던 책은 자취를 감추었다.

책장은 나무가 자라나듯이 위로 솟아오르기까지 했다.

"이게 다가 아니야."

아비스가 말하고 타와키를 거둬들이자, 책장은 언제 그랬냐는 듯 원래의 형태로 돌아왔다.

"왜 이러는 거지? 내가 해 볼게."

유진이 다가와 책을 향해 점프했다. 마법을 쓴 뒤로, 엄청난 도약력을 가지게 된 유진은 몇 미터는 훌쩍 뛰어올랐다.

"어?"

하지만 책장이 위로 솟아오르는 게 더 빨랐다. 책은 유진이 뛴 만큼 위로 솟아오르며, 아까의 상황이 반복됐다.

유진은 바닥에 가볍게 착지했다. 그러자 무슨 일이 있었냐는 듯 책장은 원래대로 돌아왔다.

“마치 우리를 일부러 피하는 느낌이야.”

유진이 중얼거리자, 타호의 부축을 받으며 뒤늦게 도착한 남자가 말했다.

“그래. 저거구나.”

제 34 화
심안

"역시 저게 맞군요. 하지만 어떻게 뽑죠? 우리를 보란 듯이 방해하는데."

유진의 말에 멤버들은 잠시 생각에 잠겼다. 아비스의 소환수도, 유진의 점프력도 불가하다면 무엇으로 책을 가져올 수 있을까.

그때, 골똘히 생각하던 솔이 불화살을 만들어내 책을 향해 쏘았다. 하지만 이번에도 책이 어지러이 흩어져 조준점에서 빗나갔다.

그러자 이번엔 비켄이 지팡이로 바닥을 콩 찍었다. 바닥에서 순식간에 덩굴이 솟아올라, 책장을 휘어 감았다. 얇은 덩굴들이 잔가지를 치며 책을 타고 올라갔다. 이대로라면 무난하게 책을 뽑을 수 있을 것 같았다.

"앗!"

하지만 책들은 이번에도 기다렸다는 듯 위치를 바꾸었고, 책장도 함께 솟아올라버렸다.

비켄은 한숨을 내쉬며 덩굴을 다시 불러들였다. 책을 겨우 찾았는데, 이대로 정말 어떤 방법도 소용이 없을지 막막할 참이었다.

그때, 등 뒤에서 남자가 말했다.

"심술궂지? 아무리 너희들이어도 물리적인 방법으로는 순순히 뽑혀주지 않을 거야. 나는 내 세계에 속한 책이니 더 뽑지 못하도록 괴롭힐 거고. 방법이 하나 있어. 너희 중 마력이 담긴 심안을 가진 사람이 책을 불러와줄 수 있을까? 약간의 위험도 따르긴 하지만 말이야."

"어, 어떻게 해야 하는데요?"

타호가 묻자 남자는 눈을 떴다. 우유를 탄 듯한 회색빛 동공이 눈을 마주쳐 왔다.

"지혜의 아이야. 네 눈을 빌려줄 수 있겠니?"

눈을 빌린다니. 생각보다 무서운 말에 타호는 몸을 흠칫 떨었다.

그때, 솔이 황급히 말렸다.

"잠시만요. 눈을 빌린다니, 그게 무슨⋯⋯."

솔은 걱정스러운 눈으로 타호를 바라보았다. 타호는 자신의 어깨를 붙잡고 있는 남자를 빤히 바라보았다. 이 사람은 굉장히 필사적이었다. 그리고 아무리 봐도 나쁜 사람 같지는 않았다.

타호는 제지하려는 솔의 어깨를 살짝 다독인 뒤 말했다.

"그게 뭐든, 믿어 볼게요."

남자는 타호의 어깨를 잡은 손을 천천히 위로 옮겼다. 뼈가 드러난 마른 손이 타호의 눈을 가렸다.

누구도 말을 꺼내지 못한 채, 조용히 있었다. 무거운 공기만이 공간을 짓누르는 듯했다. 누군가 마른침을 꼴깍 삼키는 소리만 공허하게 울렸다.

남자는 입술을 달싹였다. 무언가 주문을 영창하는 듯했다. 그러자 바닥에 마법진 같은 문양이 아른거렸다.

남자의 발밑에서 피어난 문양은 바닥에서 넘실거리며 흔들리다가 곧 짧게 빛을 발한 뒤, 타호의 발밑에서 고정되었다.

"심안을 틔워서 네 시야를 벌릴 거야. 자, 천천히 고개를 들어 봐. 뭐가 보여?"

타호는 잠시 눈을 끔뻑거리더니 말했다.

"눈을 가리고 계셔서 아무것도 보이지 않는데요?"

"평소처럼 본다고 생각하지 마. 천천히 심호흡을 해 보고, 눈이 아닌 마음으로 사물을 인지한다고 생각해 봐."

타호는 여전히 잘은 알 수 없었지만, 다시 눈을 감았다. 남자가 말한 대로, 단순히 사물을 보는 것이 아닌 그 본질을 느끼려 노력해보았다.

여전히 눈앞은 까맣지만 머릿속에 아까의 검은 책을 떠올렸다. 단순히 검은 표지의 책일 뿐이지만, 그 책의 질감, 향기, 눅눅한 정도까지 보려 노력했다. 외양이 아닌 역사를 읽어내려는 심정으로 책을 낱낱이 파헤쳐 보았다.

순간, 타호의 몸이 움찔 떨렸다. 까맣던 시야에 이상한 하얀 점들이 알알이 박히기 시작했다.

남자는 이제 됐다는 듯, 안도의 한숨을 살짝 내쉬더니 말했다.

"괜찮아. 두려워하지 마. 그럼. 숫자를 셀게. 하나, 둘. 셋."

타호는 속으로 남자의 말을 따라 했다.

'하나, 둘. 셋.'

숫자를 세자마자 닥친 것은, 타호가 전혀 느껴본 적 없는 생소한 감각이었다. 그러면서 눈앞의 점들은 점점 형체를 잡아갔다. 타호는 자기도 모르게 신음을 뱉었다.

눈가가 뜨거워 저절로 눈물이 흘렀다. 하지만 기분 나쁜 고통은 아니었다. 따스한 돌에 눈을 문지르는 듯했다.

남자는 여전히 타호의 눈을 가리고 있었다. 당연히 아무것도 보이지 않아야 했다. 하지만 타호의 앞은, 온통 검은 세상 속 하얀 실뭉치들로 가득했다.

아까의 점이 선을 이루어 엉켜, 여러 개의 실타래를 만들고 있었다.

"이, 이게 뭐예요? 어둠 속에서 실뭉치들만 이리저리 엉켜 있어요."

"다행히 잘 틔워졌네. 침착하게 다시 심호흡해 봐. 이번엔 색이 보일 거야. 걱정하지 마. 네가 뭘 보는지 나는 잘 알고 있어."

타호는 남자의 말대로 천천히 숨을 들이마셨다가 내쉬었다. 눈에서는 눈물이 계속 줄줄 흘러나와 남자의 손을 적시고 있었다.

심호흡을 여러 번 하자, 갑자기 실타래에 색이 덧칠해졌다. 민트색 빛을 내는 알갱이들이 실타래를 타고 움직였다.

"멤버들의 몸을 둘러싼 실타래들에서 신기한 빛이 보여요."

"그 빛은, 바로 사랑받고 있다는 증거야."

타호는 천천히 고개를 돌렸다. 사람의 형체를 이룬 실타래 주위로 강하게 빛을 발하는 민트색 점들이 옹기종기 모여 있었다. 보석 가루가 뭉쳐 있는 듯, 다들 빛났다.

"자, 그럼 이제 책장을 보렴."

타호는 책장 쪽으로 고개를 돌려 책들을 바라보았다. 하지만 책장에는 어떠한 실타래도 빛도 없이 그저 심연 같은 어둠만이 자리했다.

"아무것도 보이지 않아요."

"그거야말로 진짜 실체일지도 모르지. 그럼, 내가 찾는 책은 보이니? 아마 단번에 눈에 띌 거야."

타호는 뜨거운 눈을 이리저리 굴리며 책장을 살폈다. 금방 찾을 수 있었다. 드넓은 책장의 한 곳에서만 하얀 실이 고치처럼 엉켜 있었다.

"저기 있군요. 하지만 실로 둘둘 감겨 있을 뿐인데요?"

"맞아. 쉽게 접근할 수 없도록 방어막을 만들어놔서일 거야."

"제가 저걸 가져오면 되나요?"

"아니, 아마 아까처럼 직접 집을 수는 없을 거야. 다른 방법을 써야 해. 너, 마력을 이용해서 물체를 움직여 본 적 있니?"

"음, 작은 물체는 해본 적 있어요. 예를 들면 초콜릿 같은?"

"그때의 기억을 되살려서 그 실타래를 가까이 가져온다고 생각해봐."

남자의 말에 타호는 조심스럽게 마력을 운용했다. 가벼운 물체만 해 봐서인지 실타래는 영 쉽게 움직이려 들지 않았다.

"끙. 잘 안 되네요."

"그럼, 방법을 좀 바꿔보자. 그 물체를 단순히 움직인다고 생각하지 말고, 네게로 끌어당긴다고 생각해 봐."

타호는 그게 뭐가 다르냐고 말하고 싶었다. 하지만 일단 남자의 말대로 해봤다.

'끌어당기라니. 자석처럼 말인가?'

타호는 실타래를 자신에게 끌어당긴다는 느낌으로 눈에 힘을 주었다. 움직이고 싶다기보다는, 상대와 가까워지고 싶다는 생각에만 전념했다.

순간, 깜짝 놀랐다. 그저 생각만 바꿨을 뿐인데, 미동도 않던 실타래가 움직이기 시작했다. 두둥실 떠올라 타호에게 천천히 다가왔다. 타호는 팔을 뻗어 그것을 안았다.

순간, 남자는 가렸던 손을 내렸다. 타호도 번쩍 눈을 뜨자,

순식간에 세상이 다시 돌아왔다. 타호는 어지러움을 느끼며 숨을 몰아쉬었다. 눈물과 땀방울이 뒤섞여 턱을 타고 내려왔다.

타호는 액체를 손으로 훔치며 벽에 기대어 섰다.

봐서는 안 될, 새로운 세계에 눈을 뜬 기분이었다. 왜 이 남자가 눈을 감고도 형체를 구분하는지 알 것 같았다.

"현자님은 평소에 이런 걸 보고 사나요? 속이 좀 울렁거려요."

타호의 순수한 질문에 남자는 웃고 말했다.

"나는 더 많은 것이 보여. 처음이라 그런 걸 거야."

멤버들은 그런 타호를 걱정스러운 눈빛으로 바라보고 있었다.

유진이 타호에게 걸어가 부축해주었다. 타호는 유진에게 기대 눈가를 매만졌다. 뜨거웠던 기운이 서서히 식어 가고 있었다.

너무 이상한 세계였다. 지금 눈에 보이는 건 이토록 평범한 세계인데, 그 뒤편으로는 그런 세계가 존재하고 있었단 말인가. 마법을 더 익히게 되면 무엇이 더 보일지 무서워질 정도였다.

타호는 왠지 한기를 느끼며 책을 고쳐 안았다. 두꺼운 탓에 제법 무거웠다. 어떤 제목도 쓰이지 않은, 검은 표지의 책이 눈에 들어왔다. 타호는 책의 표지를 매만졌다. 그냥 평범한 종이 질감이었다.

"이게, 당신이 찾는 책인가요?"

남자는 고개를 끄덕였다. 타호는 천천히 책을 건네줬다. 그는 떨리는 손으로 책을 받았다. 타호는 남자를 빤히 바라보았다. 표정이 굉장히 복잡해 보였다. 기뻐 보이기도 하고, 어딘가 착잡해 보이기도 했다. 손을 너무 떠는 탓에 책을 놓칠 뻔했다.

"드디어, 가능성을 벌려볼 수 있는 건가. 이대로 집어 삼켜질까 봐 걱정했는데…… 참 다행이야."

남자는 눈가를 쓸어내렸다.

"그래. 시간이 없지. 어서 돌아가야 해."

남자는 호흡을 가다듬고, 타호와 멤버들을 둘러보며 말했다.

"우선, 감사 인사부터 할게. 책을 찾아줘서 정말 고마워. 아, 참."

남자는 타호의 나무 의자 곁에 놓여 있는 망원경을 발견하고, 무언가 생각났다는 듯 말을 이었다.

"잠시만, 작별하기 전에 소유권을 네게 넘겨줄게."

남자는 망원경을 들어 짧게 입을 맞추었다. 그러자 갑자기 타호와 남자의 주위로 돌풍이 불었다. 덕분에 머리카락이 죄다 흩어졌다. 바람은 곧 가라앉았다. 남자는 망원경을 마지막으로 쓰다듬은 뒤 타호에게 건네줬다.

"지금 당장은 어려울 테지만, 아까 심안을 틔웠으니 조금만 더 노력하면 뭔가를 볼 수 있을 거야."

타호는 그 말을 듣고 혹시나 해서 다시 렌즈를 들여다보았지만, 역시 보이는 건 없었다.

"하지만 너무 무리해서 미래를 들여다보려 하면 안 돼. 네가 다칠 거야."

"그, 그런가요? 어떻게 다치는데요?"

"온몸의 피를 요구할지도 모르지. 운명을 엿보고 바꾸려면, 그에 합당한 대가가 필요하니까."

이거 진짜 괜찮은 걸까. 타호는 순간, 강렬하게 버리고 싶어졌다.

"그렇다고 너무 겁먹지는 말고. 사용해 보면 알 거야. 망원경이 뭘 원하는지 느낌이 확 오거든."

비켄은 지팡이를 휘돌려 잡은 뒤, 남자의 말을 거들었다.

"괜찮을 거야. 이 지팡이도 처음엔 못살게 굴다가 이제는 책도 뽑아주고 도움을 많이 주잖아. 걔도 친해지면 괜찮지 않을까?"

타호는 한숨을 폭 내쉬었다. 망원경과 친해지라니, 맞는 말일까. 그래도 이내 표정을 밝게 바꾸며 말했다.

"뭐, 마법 아이템은 귀하니까. 잘 가질게요, 현자님. 감사합니다."

타호는 말하고 망원경을 품에 꽉 안았다. 그런데 한 가지 걱정되는 것이 있었다. 타호의 상체만 할 정도로 꽤 부피가 커서, 이걸 가지고 드래곤 피크에 돌아간다면 곧바로 용의 일족에게 들킬 터였다.

"그런데 이걸 어디다가 담아서 가져가지……?"

"그러게. 우리 또 다른 곳 온 거 들킬 수도 있는데."

타호의 걱정에 비켄도 말했다. 지팡이는 어찌저찌 잘 넘겼다고 하지만, 이건 어디서 주웠다고 말하기도 곤란한 물건이었다.

남자는 로브 아래를 뒤져서 뭔가를 꺼냈다.

"이걸 줄게."

남자가 꺼낸 건, 중간에 커다란 보석이 박혀 있는 가죽 장갑이었다. 보석은 이리저리 각도를 바꿀 때마다 빛에 비치며 영롱하게 빛났다.

"마법 장갑이라서, 안의 공간이 확장되어 있어. 쉽게 말하면, 아공간이라고 할 수 있지. 그 망원경 정도는 들어갈 수 있을 거야."

남자는 장갑의 보석을 손가락으로 두 번 톡톡 쳤다. 금방 망원경이 장갑 안으로 빨려 들어갔다.

"와, 감사합니다. 저도 공간 마법을 정말 익히고 싶어요."

"네가 좀 더 마법이 능숙해진다면, 이 장갑에 망원경이 아닌 더 큰 것도 넣을 수 있을 거야. 열심히 수련해서 잘 활용해봐."

"저, 정말요? 아싸. 드래곤 피크에 가서 공간 마법에 대해서 알려달라고 해야겠다, 그 강사한테."

타호가 화색을 띠며 말하자, 비켄이 어리둥절해하며 말했다.

"엇, 그러고 보니 전에 그 강사에게 물어본 적 있는 것 같아. 혹시 마법 주머니 같은 건 못 만드느냐고. 그런데 관련된 마법이 모두 소실되었다고 하더라고. 뭘 물으면 대부분 그렇게 대답하던데……. 진짜 모르는 거야, 알면서도 안 가르쳐주는 거야?"

비켄의 말에 멤버들은 동의한다는 듯 고개를 끄덕였다. 왠지 감추는 게 많아 보였고, 콕 짚어 말할 순 없지만 묘하게 적

대적이었다.

이제, 돌아가서 그 말할 수 없는, 하지만 모두 어렴풋이 느끼고 있는 거부감에 대해 확인할 차례였다.

제 35 화
우리 세계의 책

타호의 말에 솔은 고개를 끄덕이며 말했다.

"곧 확인할 수 있을 것 같아. 그들이 정말 우리를 위하는 집단인지, 아니면 모두의 감각대로 뭔가를 숨기고 있는지 말야. 무슨 일이 벌어질 것 같은 예감이 들어."

타호는 눈을 가늘게 떴다. 왠지 그럴듯한 기시감이 들었다. 희한하게도, 솔의 예측과 실제 결과는 항상 일치했다.

마법을 쓸 수 있게 되기 전에도, 음반 활동에 고민되는 지점들이 있을 때마다도 솔이 정한 대로 가는 편이 늘 옳곤 했다.

그때, 현자가 말했다.

"엘프의 예지는 믿는 게 좋지."

현자의 말에 멤버들은 모두 눈을 동그랗게 뜨고 그를 바라보았다. 그냥 넘기곤 했던 사소한 행동들도 종족의 특성과 관

련되어 있었다는 사실이 새삼 놀라웠다.

"엘프의 예지에 더해서 내가 조언을 하나 하자면……, 당장 눈앞에 보이는 이익보다는 더 먼 곳에 있는 것을 좇는 게 좋을 거야."

스타원은 멍하니 현자를 바라보았다. 당장의 이익이라고 한다면, 용의 일족에게서 빠르게 마법을 익히고 수련하는 것일 터였다.

"저희가 진정으로 바라야 할 값진 목표는 무엇일까요?"

잠시 생각에 잠긴 뒤, 솔이 물었다.

"그건 너희가 순간 순간을 어떻게 선택해 나아가느냐에 따라 달라지겠지. 하지만 내가 한 말을 늘 기억하도록 해."

현자의 말에 멤버들은 더 이상 묻지 않고 고개를 끄덕였다.

"자, 이제 우리는 각자 있던 곳으로 돌아갈 시간…… 쿨럭, 쿨럭."

현자는 책을 품에 안은 채 몇 걸음 걷더니 곧 허리를 반으로 접고 땅에 머리가 닿을 듯이 거세게 기침했다. 모두가 할 말을 잃고 안쓰러운 모양새를 바라보았다.

타호는 마음껏 진정될 때까지 기침하라는 듯, 그의 어깨를 잡고 부축해 주었다.

"미안, 이건 역시 잘 안 멈추네. 고마워, 친구."

현자는 겨우 기침을 멈춘 뒤, 타호에게 빙긋이 웃어주었다.

"아, 참."

그러곤 손가락을 한 번 튕겼다. 그러자 망원경이 든 마법 주머니에서 한 번 빛이 발하더니 이내 사그라졌다.

"빨리 능숙하게 쓸 수 있도록 망원경에 걸린 술식을 조금 매만졌어. 앞으로 잘 친해져봐. 착한 친구니 잘 지낼 수 있을 것 같긴 하지만."

타호는 망원경이 든 자그마한 장갑을 만지다가 말했다.

"감사합니다. 노력해볼게요. 이린 마법 아이템은 저희 세상엔 잘 없어서 봐도 봐도 신기하네요. 더 갖고 싶다."

타호가 쑥스럽게 웃으며 뒷머리를 긁적이고 말했다.

"마법 아이템이라. 사실, 어느 정도 마법 능력이 궤도에 오르면 아이템의 도움은 잘 받지 않아. 특히 이런 사소한 기능이 담긴 건 말야. 하지만 너희는 아직 배워 나가는 단계이니 필요할 것 같아서 선물로 준 거야."

"이것만으로도 정말 멋진데, 더 대단한 것들이 넘치나요?"

비켄이 불쑥 몸을 내밀며 물었다. 현자는 귀엽다는 듯 피식 웃고 말했다.

"아주 많지. 손가락만 한 조그마한 아티팩트부터 코끼리의 몸체만큼 거대한 것도 있어. 하지만 너희에게는 이 장갑 정도가 한계일 것 같네, 세계의 인과율 때문에."

비켄은 아쉽다는 듯 입맛을 다셨다. 타호는 현자가 소중히 품에 안고 있는 책을 바라보다가 문득 질문했다.

"아, 참. 그 책, 엔딩은 어떻게 고칠 건가요?"

피하고 싶은 질문이었다는 듯, 현자는 몸을 움찔했다. 그러곤 잠시 고민하다 손가락을 튕겼다. 그러자 기다란 깃펜이 허공에 나타났다.

날개 달린 듯 허공에 가볍게 둥둥 떠다니자, 타와키가 푸드덕거리며 날아와 깃펜에 가까이 다가갔다.

"앗. 타와키!"

아비스가 당황한 기색으로 타와키를 불러 세우자, 현자는 타와키에게 부드럽게 속삭였다.

"물지는 말렴. 네 친구는 아니야."

"함부로 물지는 않을 텐데……."

아비스가 시무룩한 채 말하자 타와키가 이에 화답하듯 지저귀었다.

삐옥삐옥!

그러지 않겠다는 듯 귀엽게 부리를 여닫으며 지저귀자, 현자가 살포시 웃어주었다.

타와키와 멤버들 모두 허공에 떠다니는 깃털을 호기심 어린 눈으로 보았다. 깃펜은 지극히 평범하게 생겼다. 어떤 커다란 새의 깃털을 한 가닥 뽑아 펜촉만 이어붙인 듯, 보석 따위의 장식도 전혀 없었다.

"이건 내 친구가 많은 희생을 해서 겨우 만든 펜이야."

"그런가요? 그렇다기엔 좀 단출한데……."

아비스가 말하자, 남자는 희미하게 웃으면서 고개를 들었다.

"나는 이 펜으로 정해진 미래를 바꿀 거야. 바꾸고 싶은 미래를 직접 한 자 한 자 써내려가야 하지. ……자, 그럼 이제 우리는 헤어져야 할 시간이네."

타호는 현자를 빤히 바라보았다. 이대로 헤어지는 게 왠지 무척 아쉬웠다. 한참을 그렇게 바라보다가 겨우 고개를 푹 떨구듯이 끄덕였다. 그런 타호의 마음을 안다는 듯 현자는 말을 이었다.

"별을 닮은 아이들아, 나도 너희를 만나서 즐거웠단다."

그때였다. 비켄이 슬쩍 다가와 작은 주머니를 건넸다.

"이게 들을지는 모르겠지만, 가져가서 드세요. 멤버들 피로 회복제 용도로 만들어본 약제인데, 몸이 안 좋을 때 드셔보세요."

비켄은 기침이 잦은 현자가 신경 쓰였는지, 어느새 챙겨 놓은 듯했다. 현자는 주머니를 받아 들고 미소 지으며 말했다.

"내 몸이 좋지 않은 건 서약에 따른 대가지만, 잘 먹을게. 마음만이라도 벌써 몸이 가뿐해진 것 같네."

비켄의 따뜻한 마음씨에 다른 멤버들도 미소를 머금은 채 그 모습을 바라보았다.

"아, 그런데 혹시……."

현자는 솔을 향해 고개를 돌리고 조심스럽게 말했다.

"네게 하나 부탁하고 싶은데. 혹시 내 깃펜에 숨결을 불어넣어 줄 수 있니?"

솔은 허공에서 타와키와 장난을 치고 있는 깃펜을 바라보았다.

"수, 숨결이요? 의미가 있을지……."

현자는 고개를 끄덕이며 깃펜을 향해 손짓했다. 그러자 날아와 솔의 눈앞에 멈추었다.

솔은 잠시 어리둥절했으나 곧 자연스럽게 깃털의 끝부분에 입을 맞추었다. 그러자 펜은 은은한 빛을 살짝 흩뿌렸다.

현자는 부드럽게 웃으면서 말했다.

"역시 엘프의 아이는 다르구나. 고맙다."

"방금 제가 뭘 한 건가요?"

"미래를 보는 자는 다른 미래를 꿈꾸게 할 수 있을지, 그 힘을 시험해 보고 싶었어. 어쩐지 좋은 예감이 드네."

현자의 은은한 미소를 보던 타호가 조심스레 물었다.

"책의 결말을 바꾸면 현자님은 그리워하던 이들을 다시 볼 수 있나요?"

현자는 대답하지 않고 긴 침묵만을 유지했다. 모두가 눈치챌 수 있었다. 이 사람도 지독한 외로움이 예정되어 있구나. 타호가 대답하지 않아도 된다고 말하려던 참이었다.

"그건 어려울 거야. 괜찮아. 각오한 일이니까."

현자가 겨우 꺼낸 말에 타호는 더 이상 묻지 않았다. 만난 지얼마 되지 않았지만, 큰 사람이라는 게 느껴졌다. 세상의 구원을 위해 자신을 기꺼이 희생하는 사람이라니.

자신이라면 그러기 힘들 것 같아, 존경스러운 마음이 커졌다.

"쿨럭, 쿨럭!"

현자는 점점 서 있는 것조차 버거워 보였다. 이제 정말로 되돌아갈 시간이었다. 스타원은 더 시간을 지체하지 않고, 돌아가기 위해 서로의 손을 맞잡았다.

솔이 주사위를 던지려고 할 때, 현자가 말렸다.

"잠깐. 그 힘은 아껴두렴. 언제 큰 힘이 필요할지 모르니 말이야. 여러모로 도와준 보답으로, 내가 너희를 원래 있던 곳으로 돌려보내줄게."

남자는 마지막 남은 힘을 쥐어짜듯 양팔을 들어 크게 휘돌렸다. 그러자 바닥에서 기하학적인 문양들이 생겨나더니 멤버들과 소환수의 몸을 타고 올라왔다.

문양에서 눈이 멀 듯한 빛이 나서 눈을 뜨고 있기조차 힘들었지만, 타호는 끝까지 현자를 바라보았다.

잿빛 후드와 잠깐 잠깐씩 보이는 머리칼, 그리고 회색빛 눈동자가 동시에 흔들리고 있었다.

현자는 여전히 책을 꽉 껴안은 채 속삭였다.

"너희의 앞날에 지혜의 지표가 함께하길 기원하마."

타호는 눈을 깜박였다. 문양이 생긴 곳의 바닥이 점점 꺼져갔다. 발밑에는 어디로 이어지는지 모를 검은 공동 같은 터널이 있었다. 현자와 거대한 서재가 눈앞에서 천천히 멀어지고 있었다.

이제 정말로 이 공간과는 작별이었다.

그때였다. 타호가 고개를 들었다. 시선의 끝에, 조금 다른 것이 보였다.

점점 시선에서 멀어지는 책장의 한구석에 꽂힌 낯선 책이 유난히 눈에 띄었다.

타호는 멀어지면서 자기도 모르게 손을 뻗었다. 하지만 손이 닿을 리 없었다.

본능적으로 알았다. 저 책은 아마도……

'우리 세계의 책이야.'

점차 바닥 밑으로 빨려 들어가는 와중에 타호는 필사적으로 책을 바라보았다.

새하얀 표지는 먹물에 담근 듯 반쯤 까맣게 물들어 있었다. 타호는 뭔가를 더 보기 위해 눈을 부릅뜨고 응시했다. 희미하지만, 어떤 문양들이 책 표면에 일렁거리고 있었다.

'눈, 아까 그 눈을 이용해야 해.'

떠올린 것보다 행동이 빨랐다. 타호는 되레 눈을 감고, 아까

했던 것처럼 심안을 틔우려 노력해보았다.

한 번밖에 시도해 보지 않아서인지 좀체 마음처럼 되지 않았다. 타호는 급기야 황급히 두 손을 들어 손바닥으로 눈을 지그시 눌렀다. 아까의 그 감각을 되살려보려 노력했다.

그러자 눈에 화한 감각이 들기 시작하더니, 곧 엄청나게 뜨거워졌다.

그 상태로 이리저리 눈동자를 굴려 책장을 응시하자, 어떠한 형체가 보이기 시작했다.

검게 물들어 있던 무늬가 꾸물꾸물 움직였다. 얼룩과 비슷하게 보였던 것이 마치 생물체처럼 변했다.

검은 무늬는 점점 형체를 갖춰 갔다. 타호는 심안에 더욱 집중했다. 눈이 타들어 갈 것 같지만, 지금이 아니면 정체를 알 수 없다.

고통 속에서 두 눈을 꽉 감을 때였다. 그때, 형체를 알아볼 수 있었다.

검은 덩어리에서 날개, 뿔과 같이 뾰족한 것들이 튀어나오며 기지개를 켰다.

곧, 익숙한 물체가 보였다. 용의 일족의 깃발에 늘 자리하던 것이었다.

검은 용.

장대한 기골을 자랑하며, 용이 서서히 움직였다. 날개를 펼치자, 용의 몸체는 책의 크기보다 훨씬 커져 표지 윗부분을 노닐고 있었다.

왜일까. 타호는 충동적으로 손을 뻗쳐 그 활개를 저지하고 싶었다.

그때, 용의 눈동자가 좌우로 움직이며 뭔가를 찾는 듯했다. 순간, 타호는 자기도 모르게 몸을 움찔하며 한 걸음 물러섰다. 용에게 존재를 들키기 싫었다.

하지만 눈동자는 아래위로 움직이더니 타호를 향했다. 그리고 그 순간.

'들켰어!'

눈이 마주쳤다. 그러자 애써 유지했던 심안이 죄다 깨졌다. 바늘 수십 개로 찌르는 듯한 깊은 통증이 밀려들었다.

이제 책장도 책도 보이지 않았고, 드래곤 피크로 향하는 길의 통로만 재빠르게 지나갈 뿐이었다.

세차게 부는 바람이 타들어가는 듯한 감각을 조금 식혀줬지만, 그뿐이었다.

　얼마나 그렇게 있었을까. 곧 빛이 들며, 새소리가 들려오기 시작했다.

〈별을 쫓는 소년들〉 3권 끝

별을 쫓는 소년들 3

WITH +OMORROW × +OGETHER

2023년 12월 20일 초판 1쇄 발행

기획/제작 | HYBE
공동기획 | WEB TOON

발 행 인 | 정동훈
편 집 인 | 여영아
편집국장 | 최유성
편   집 | 양정희 김지용 김혜정 김서연
디 자 인 | DESIGN PLUS

발 행 처 | (주)학산문화사
등   록 | 1995년 7월 1일
등록번호 | 제3-632호
주   소 | 서울특별시 동작구 상도로 282 학산빌딩
편 집 부 | 02-828-8988, 8836
마 케 팅 | 02-828-8986

ISBN 979-11-411-1999-7 03810
ISBN 979-11-411-1996-6 (세트)

값 9,800원